夢と気づくには遅すぎた。

堀真潮

キノブックス

夢と気づくには遅すぎた。

もくじ

怖い職場

恋愛奇譚

これからの私

装画　戸屋ちかこ
装幀　小川恵子（瀬戸内デザイン）

より美しく

年齢不詳

美術館で男に声をかけられた。

若い女の子が一人で美術展にいると、蘊蓄《うんちく》を語ってナンパしてくるおじさんがいるとは聞いていたけれど、実際に会ったのはこれで二度目だ。

男は頼んでもいないのに延々と話し続け、こちらが無視していてもずっとついてきた。

オーディオガイドを頼めばよかったとつくづく思いながら、私は絵を順番に見ていった。

「このあと、お茶でもどう？」

展示室から出た途端に男が言ってきた。

「は？」

年齢不詳

「君は見どころがあるから、もっと美術とか芸術のことを教えてあげるよ」

「はあ」

「どう？」

「じゃあ」

私は男と美術館に併設されたカフェに入った。三店ある中の二番目にカジュアルなところ。

「僕はね、コーヒー。君は？」

「じゃあ、キャラメルマキアート」

「ケーキは？」

「いいです」

さっきから値段にケチをつけていた男は満足そうに笑った。

「君は？　女子大生？」

「いえ」

「女子高生？　じゃないよね」

「はい」

男がホッとしたのを、私は見逃さなかった。

確かに今日の私の格好は、少し幼く見えても仕方がないかも知れない。淡いピンクのニットに合わせたコーディネートで、かなり甘口だ。

男は三十代半ばといったところか。服装は、彼が若い頃にお洒落だと言われていたものだろう。

運ばれてきたキャラメルマキアートを見て、また男はニヤニヤと笑った。

「いいね」

男は近くの席のOLっぽい二人組をこっそり指差した。

「ああいうのを頼むのはね、オバさんだよ」

二人はクリームとベリーがたっぷりのったパンケーキを前にはしゃいでいた。

「ああいうのを頼むとかわいく見えるって勘違いしてるんだなー」

「へえ」

「僕はね。女の見た目には騙《だま》されない」

「そうなんですか？」

「いくら若作りしても、細かいところに年齢って出るんだよ。気付いていないのは自分だけでね。僕はね、そういうのちゃんと見てるから」

「ふうん。じゃあ、あの人達はどうですか？」

私達のテーブルの近くに三十代前半と見られる、上品そうな女性三人組がいた。

「あれは婆さんだな」

「理由は？」

「紅茶とケーキって選択が、まず婆さんっぽい。それもチーズケーキなんて、難しい名前のケーキはわかりませんって言っているようなものじゃないか」

「他には？」

「膝にハンカチを敷いている。ああいうことをするのは婆さんだ」

どうだと言わんばかりに、男は鼻を鳴らした。

「そうそう。君が頼んだようなメニューは年寄りには頼めない」

「そんなことないと思いますけど」

私は軽く反論したが、男は全く聞いていない。

「君と彼女達はまず肌の色艶が違うから。オーダーしたものとか仕草でもわかるけど、やっぱりいくら外見を若く保てるようになったからといっても、肌のハリなんかが微妙に違うからね。僕くらいになると見ただけでわかるよ」

踏ん反り返った勢いで足がテーブルの脚に当たり、キャラメルマキアートがソーサーの上に少しこぼれた。

私は先ほどのパンケーキのOL風二人組を見た。

あのパンケーキは今日始まったばかりの展示作品とのコラボメニューで、美術館のホームページ以外では若い女性向けの雑誌でしか取り上げられていない。

三人組の方は有名な賞を取ったこのお店のチーズケーキが目当てで来ているのだと、会話からわかる。

膝に敷いたハンカチは、確かまだ日本に入ってきたばかりのハイブランドで、都内の高級セレクトショップでしか手に入らないものだ。

つまり、かなりアンテナの感度をよくしておかないと彼女達のような行動はできない。

このカフェに、いわゆる年配の人はいない。

ここだけじゃない。この国のどこに行っても、見た目が五十代以上の人は滅多にいない。男性や子持ちの主婦だと三十代から四十代前半の人もいるが、大半は二十代。女性だと十代も結構いる。

科学と医療技術の進歩によって私達は見た目の年齢を自由に変えることができるようになった。

その結果、私の目の前にいる男のように、見た目と実年齢の差を見極める方法を探したり、それによって相手を誹謗中傷したりするものまで現れた。

昔、整形している美女が「嘘をついている」といったような扱いを受けていたのと一緒だ。

でも彼らには大事な視点が抜けている。

ただ外見の見栄を張りたいだけなら、見た目の若返りはここまで普及しなかっただろう。

この技術によって一番恩恵を受けたのは老人達だ。

外見を若返らせるためには、体型も若返らせなければならない。そのために骨や筋肉も若い頃に戻る。老いによる慢性的な体の痛みに耐えてきた人達にとって、この治療は受けない理由がなかった。見た目がどうこうよりも、自由に動ける体。それが大事だった。

しかし、この治療が若返らせることができるのは、あくまでも外見に関わる組織だけ。

いくら見た目が二十代、三十代でも、脳は実年齢のままで、確実に年を取る。

男はさっきから本物の若者の見分け方を延々と話し続けているが、実はもう同じ話を三周している。見た目は三十代半ばだが、実際はかなりの高齢。

かわいそうに、自尊心ばかり高くキレやすい爺さんを煽《おだ》てて持ち上げてくれる、あわよくばスケベ心も満たしてくれる相手を探して、こんな場所まで出てきてしまったのだろう。

そろそろ男の話が四周目に入ろうとしたときだ。

「あー、いたいた。お義父《とう》さん。ダメでしょ、こんなところまで来て」

二十代半ばと見られる女性が、カフェの中に乗り込んできた。

「あんた、誰だよ!」

男は怒って、女性の手を振り払った。

「嫁のユウコです。さ、帰りましょう」

「知らん! あんたなんか知らん!」

男が暴れだしたので、店の男の人が数人で無理矢理外に連れだした。

客は見て見ぬ振りをしている。

「どうもすみませんでした」

ユウコは私に頭を下げた。

「せっかくの美術展なのに最悪な気分だわ」

私はピシャリと言った。

「はい。すみません」

「ちゃんと見ていてちょうだい」

すっかり気が滅入った私は店を出た。店の外で息子や美術館の職員に押さえつけられながら車に乗せられる男を見て、ため息をついた。

カフェにいた他の女性達の実年齢はわからない。実際に中年であり老年だったかも知れない。けれど彼の言っていた意味での「オバさん」や「婆さん」だったかというと違う。

感性のアップデート。

それがされていない「オヤジ」がいかに多いことか。

他人の振り見て我が振り直せではないが、私も気をつけなければ。

すっかり不機嫌になった私を気遣ったのか、ユウコはまた頭を下げた。

「本当にすみませんでした、お義母《かあ》さん」

「ちゃんと気をつけてね。これで二度目よ。私は気晴らしにもう少し散歩して帰るわ」

「はい」

嫁のユウコはそこでクスッと笑った。

「何がおかしいの？」

「だってお義父さんたら、二回も施設を抜けだして二回とも美術館でお義母さんをナンパしてるなんて、よっぽどお義母さんのことが好きなんですね」

「ふん。どうだか」

確かに若い頃は二人でよく美術館に行った。

私の顔なんてきれいさっぱり忘れているくせに、そういうことだけ覚えているのが腹立たしく、そして少し悲しかった。

蛹《さなぎ》がえり

夏は恋の季節と言ったのは誰だったか。

かく言う私も毎年夏前になるとソワソワしだすのだが、子供の頃から夏休みの宿題もギリギリになってベソをかきながらやっていたような性格なので、今年も梅雨が明けてから毎年恒例の台詞を言う羽目になっている。

「どうしよう！　こんなんじゃ水着になれないよう！」

二週間後に、友達に紹介してもらったグループと海に行く予定が入った。しかも、その飲み会のときにいいなと思った彼も来る。ついでにライバルの女の子も来る。なのに体重は去年の秋に増えたっきり、これっぽっちも減っていない。

背に腹は替えられない。

私は夏のボーナスを全部叩《はた》く覚悟を決めて、今流行りのジムに向かった。インストラクターのマンツーマン指導により短期間で効果が抜群、というあれだ。

「ええ！　無理なんですか？」

「さすがに二週間では……」

美人のインストラクターは苦笑いを浮かべて言った。

「さっきのトレーニングでもキツいようなら、なおさら……」

私は顔がカアッと熱くなった。自慢じゃないが運動は得意じゃないし、根性もない。四十五分の体験レッスンの間も「無理」「できない」を連発していたのだ。

「でも！　でも！　そこをなんとか！」

私はインストラクターにすがりついた。

すると揉めているのに気がついたのか、奥から責任者らしき女性が出てきた。

「失礼。私、当ジムのマネージャーをしております。代わりにお話をお伺いします」

管理職なだけあって若いとは言えない年齢ながら、スタイルは抜群だ。

「お客様。お急ぎとお伺いしましたが」

「はい。でも、あの、無理なのは承知してるんです、ホントは……」

だんだん声が小さくなるのが自分でもわかった。

そう、ちゃんとしている子は、きっと夏が始まるずっと前からこのジムに通って、体を作ってから夏に挑むのだ。

「諦めることはありませんよ」

しょぼんとする私に、その女性は言った。

「実は特別コースがあるんです」

「特別コース？」

「ええ。ただ、まだテスト段階なので誰にでもご紹介するというわけにもいかず、条件に合った方だけにピンポイントでお声をかけさせていただいているんです」

一瞬頭の中に貯金通帳が浮かんだが、それを振り払って私は食いついた。

「そ、それはどんな？」

「これです」

マネージャーは酸素カプセルか日焼けマシンのような機械の写真を見せてきた。

「これに入れば短期間で痩せられるんですか？」

私は強力なサウナとかエステマシンのようなものを想像していたが、違うらしい。

「もっと画期的なものです」

彼女の説明によると、昆虫が蛹から成虫に変わるときのように、中で細胞の構造を一気に変換して理想の体に作り変えるらしい。よって数時間で、何カ月もトレーニングしたような筋肉のついたメリハリボディになるだけではなく、背や足を伸ばすことも可能で、さらにピカピカの赤ちゃん肌になるというのだ。

「うーん」

私は迷った。自分を一度細胞レベルでバラバラにして組み直すなんて、リスクが大きすぎるんじゃないかと思ったからだ。あとはお値段。

「モニター価格で十二万円になっております」

十二万は安くないが、ここのジム代や美容整形代に比べれば破格の値段だ。

さあ、どうする⁉　葛藤の結果、私は思い切ってこの施術を受けることにした。

一週間後、誓約書やら何やら何枚かの書類に署名捺印してから着替えると、私はアロマキャンドルが灯された薄暗い部屋に通された。真ん中に置かれたカプセルから漏れる光が異様で私は少し怯《ひる》んだが、促されるままに中に入ると横になった。寝心地は悪くなく、リラックスを促す優しい香りに包まれ、本当に柔らかな繭の中にいるようだ。あとはすぐに眠くなったので何も覚えていない。

気がついたら全部終わっていて、例のマネージャーの声が耳元のスピーカーを通して聞こえていた。

「目が覚めましたか？　開けますね」

ゆっくりとカプセルが開かれる。

「目が回るかも知れないので立ち上がるときはゆっくり、気をつけて。施術は大成功ですよ。どうぞごらんください」

マネージャーは姿見を持ってきて、小さな照明で私の姿を映して見せてくれた。

「これが、私？」

まさに脱皮した昆虫だ。

すらりと伸びた手足に、健康的に引き締まっていながら女らしい柔らかな曲線を描く体。肌もすべすべで少女のようなハリがある。

感動で震える私にマネージャーは言った。

「先ほどサインしていただいた用紙の注意事項は覚えていらっしゃいますか？」

「はい」

鏡の中の自分に夢中だった私は、上の空で返事をした。

「念のため、もう一度説明させていただきます。今のあなたの体は、それこそ殻から出たばかりの蟬の体と一緒です。白くてとても柔らかい。それをできるだけ長く維持するには、日焼けと乾燥は厳禁。今まで以上に気を使っていただかねばなりません。それが守れずに異常を来《きた》しても、こちらとしては返金などに応じられませんのでご了承ください」

「わかったわ」

「詳しくはこちらのリーフレットをごらんください。お手入れ法などが書いてございます」

ご機嫌で家に帰った私は、ベッドに横になってリーフレットを開いた。

「ふんふん。起床後すぐに保湿クリーム。仕事中は二、三時間置きに乾燥防止用のミストスプレー、入浴後はさらにたっぷりの保湿オイルとクリームでマッサージ……面倒くさいなぁ。外出時には強力日焼け止めを塗り、日傘にサングラスとマスク、長袖は必須。足元もできるだけ露出を減らし日光に当たらないように……ええっ！　足を隠したら痩せた意味がないじゃない。しかも、水着着用時はラッシュガードを使用することって……ヤダヤダ！」

私はベッドの上ですっかり細くなった足をジタバタさせた。

だって来週はお目当ての彼も一緒に海へ行くのだ。海！　出し惜しみをしてどうするというのだ。

第一、真夏に長袖長ズボンなんて暑くてやってられない。

（ツバの広い帽子はあるし、サングラスと、あとは日焼け止めをいつもよりしっかり塗れば大丈夫じゃないかな）

結局、帽子とサングラスこそ装備して行ったものの、服は手足を思い切り出したもので、水着に至っては今までの私なら絶対無理な、思い切ったデザインにした。

当然、ビーチの視線を独り占め。気になっていた彼ともいい感じ。チヤホヤされるのに夢中になって、日焼け止めの塗り直しが疎《おろそ》かになった。

お察しの通り、思い込みの手抜きの先にロクなことがないのはお約束。

私の肌は文字通り蟬の成虫のように、真っ黒くゴワゴワになってしまったのだ。

「どうすればいいの？」

泣きついた私に、例のマネージャーは冷たく言った。

「そう言われましても、注意事項通りのお手入れを怠った場合の保証、返金、苦情申し立てには対応しかねますとお伝えしているうえ、承諾書に署名捺印もいただいているわけですし」

「お金なら払います！　また、あのカプセルに入れてください！」

「一度そうなってしまったものを治すには以前のように簡単にはいきません」

「構わないわ」

「そうですか……」

マネージャーは少し考えてから、電卓を取りだした。

「こちらの金額になりますが、よろしいですか？」

それはボーナスどころかこれまでの預金全部を叩く覚悟がいる金額だったが、私は頷《うなず》いた。

「では登録された口座から引き落とさせていただきます。お時間も前回よりかかるかと思いますがよろしいですか？」

「どのくらい？」

「十二年です」

「構わないわ！」

私は苛立《いら》ったような返事をすると、用意された何枚もの書類に次々と署名捺印した。とにかく早くなんとかしたかった。十二年、それがなんだと言うのだろう。テレビ番組だってもっと前から続いているものはある。お店だって十年前とほとんど変わっていないところなんていくらでもある。

それに十二年経っても今のままの若さなら願ったり叶ったりではないか。

「では、カプセルへどうぞ」

前と同じく、蓋が閉められると同時に、私は心地よい眠りに落ちた。

そして耳元から聞こえてくる声で目覚める。

「目覚めましたか？　今、蓋を開けます」

私はゆっくりと体を起こした。前のマネージャーとは別の女性が微笑んでいる。それに店内の様子もカプセルに入る前とは違っている。その辺りは十二年の月日が流れたと言うべきか。

「いかがですか？」

置かれた姿見に映る姿は、確かに理想とした私の姿そのものだ。施術自体はうまくいったらしい。

「素敵」

「それは何よりです」

私は思わず自分の年齢を口にしていた。

ただ美しいだけじゃない。この年齢にもかかわらずこの若さ。同じ美貌でも十二年前とは価値が違う。

「素晴らしい……」

この美貌なら、どんな人生も夢ではない。

どんな人生も――。

私は同じ失敗はしないと誓い、美貌の維持に細心の注意を払うようにした。

常に帽子とマスクにサングラス、夏でも長袖で過ごし、日焼け止めだって欠かさない。窓は一筋の日光も入らないよう完全に塞ぎ、加湿器をつけ、一日の大半を肌の手入れに費やす。

とにかく一番大事なのは地中に棲《す》む虫のように陽の光に当たらないこと。

私はあの日家に帰ってきてから、一歩も部屋の外に出ていない。

おかげで十数年経った今でも美しいままだ。

手に潤いを

懐かしい友人の家を訪ねた。

昔からセンスのいい子だったが、通されたリビングには熱帯魚の泳ぐ大きな水槽があったりして、インテリアの雑誌に載っていそうな部屋だった。

最初こそ、そのお洒落さにちょっと気後れしたものの、座って話しだしたらお互いすぐに昔のノリに戻って、美味しいお茶とお菓子をお供に、気になるドラマや人気のレストラン、趣味は美容はと、お喋《しゃべ》りに花が咲く。

「そういえば手がしっとりしてて白くてきれいよね。主婦とは思えない。やっぱりハンドマッサージとか行ってるの?」

手のかさつきが気になる私と違って、ティーカップを出してくれた友人の手は、陶器のように白くて滑らかだった。

「ああ、これ？」

友人が手を見ながら言った。指が短くて丸っこい手なのに、肌の美しさでとても優雅に見える。それにいい匂いがする。

「これね、ハンドクリームのおかげなの。そうだ、よかったら一本持ってって」

そう言うと友人は食器棚の引き出しから、いくつかの小さな長方形の箱を出した。

「お土産にたくさんいただいたの。香りが何種類かあるから好きなのをどうぞ」

「え？　いいの？」

「うん。私のはこれ。南の島の香り」

オレンジ色の箱に入ったクリームを嗅がせてもらうと、南国の花や果物に加え、ココナッツの甘い香りがした。

結局、私は迷いに迷って、緑色の箱に入った北の森の香りにした。

「これもいい匂いよね。少し塗るだけでも十分潤うから、くれぐれも使いすぎちゃダメよ」

友人は、もう一度使いすぎは禁物だと念を押すと、小さな紙袋にハンドクリームを入れてお土産にくれた。

家に着くと私は早速もらったクリームを塗ってみた。

立ち昇る香りを胸いっぱいに吸い込むと、本当に深い森の中にいるようだ。それに塗ったところから、まるで泉が湧きだしてくるように手が潤う。しっとりとかそんなレベルではない。冷たく清らかな湧き水でコーティングされているかのようだ。

「すごい……」

私は目を瞑《つむ》って、もう一度香りを吸い込んだ。

冷たい空気、鬱蒼《うっそう》とした森、鏡のような湖、ミルク色の霧……まるで自分自身がその場にいるような鮮やかさで浮かんでくる。

「素敵」

今度友人に会うときには手土産を奮発しなければと思いながら、何度もクリームの香りを嗅いだ。

ところが、この肝心の香りが飛びやすいことに気がついた。

手の潤いは驚くほどに長持ちするのに、香りは数十分後には消えてしまう。食べ物などに匂いが移るから、という配慮かも知れないが、少し早すぎる。それでなくても、もっと嗅いでいたいと思う香りなのだ。

まだ手は十分にしっとりしていたが、私はもう一度ハンドクリームを塗った。香りが広がるのと同時に、ひんやり冷たい感覚が手を覆う。手を翳《かざ》すと澄み切った水の膜が見えるようだ。

「あぁ、癒される」

目を閉じれば、ここは森の奥深くにある美しい湖のほとり。優雅に泳ぐ白鳥を眺めながら、私は来るべき何かを待っている……。

ピンポーン！

ハッと我に返った。どうやらこの前ネット通販で買った品物が届いたらしい。私は森の小道……ではなく、我が家の廊下を歩いて玄関を開けた。

「こちらにハンコをお願いします」

私は判を押して荷物を受け取った。外が雨のせいか、箱も控え伝票もどことなく湿っているのが不快だ。

荷物を置くと、再びソファに座ってため息をついた。

さっきまで美しい湖のほとりにいたはずなのに、がっかりだ。案の定、手の香りは飛びかかっていて、手に鼻をくっつけてようやくわかるかわからないかくらいになっている。

「そうだ」

私はパソコンを開いてから、ハンドクリームの箱を手に取り、説明書きを確認した。

見たこともない文字が書いてある。一応簡単な説明は英語でも書いてあるが、原産国は聞いたこともない国だ。友人にどこの国のお土産だったか聞かなくてはと思いながら、とりあえずわかる単語を入れて検索をかけた。

「あった！」

人気のお土産物だからなのか、調べるとすぐに情報は出てきた。だが、ここでも書いてあるのは見知らぬ言語だ。一番肝心な通販ができるかどうかが全くわからない。

どうやら、ただの広告のようだ。私はがっかりしながらパソコンの画面を閉じた。

この調子で使っていたらすぐになくなってしまうから、大事に少しずつ使わなくちゃと思ったけれど、やっぱりあと少しだけと自分を甘やかす。

一息ついてハンドクリームのキャップを開け、鼻を近づけて体中を満たすように香りを吸い込む。途端に私の部屋は美しい森へと還る。さっきまでのがっかり感は深呼吸で吐きだした息とともに体の中から消えていく。

手に塗り広げると香りはさらに広がり、湖の冷たい水をすくい上げたような心地よさが手を包み込む。手の中の水は木漏れ日を反射してキラキラ光る。指の隙間からぽたりと雫がこぼれ落ちる。

「え？　ああっ！」

気がつくと、パソコンのキーボードの上にも水がこぼれていた。慌ててタオルを取ってキーボードを拭き、キッチンのシンクへ走った。

夢や幻じゃない。私の手はしっとりと潤うどころかびっしょりと濡れ、冷たい水がポタポタと垂れている。キーボードを拭いたタオルもすっかり濡れていた。

やがて水の滴りは減っていき、いつも通りの潤いだけが残った。

なんて不思議なんだろう。

パソコンが無事とわかったら、途端に好奇心がムクムクと頭をもたげた。

ハンドクリームを手にすると、もう一度塗った。豊かな森の香りとともに水の膜がふるふると手を包み込み、表面張力の限界と同時に水が溢れだした。

急いでシンクに行き、水をすくうように両手を合わせると、その中にどんどん水が溜まっていく。

そして驚いたことに、いつの間にか手の中で小さな銀色の魚が泳いでいた。

水はとどまることを知らず、指の間からとめどなく滴り落ち、今にも手のひらから溢れそうになっている。私は焦った。

何より、手がかじかんで痛くて限界だった。北の湖だけあって水温が低いらしい。

幸か不幸か、日頃のズボラが役に立ち、洗って置きっぱなしにしていたお鍋の中に手のひらの水を空けた。

魚はわずかとはいえ広いところに出たのが嬉しいのか、のん気にお鍋の中を泳いでいる。

私はぼたぼた水を落としながら、お風呂場に向かった。

バスタブに栓をして、手を突っ込む。

水はとどまる気配がない。人の足首くらいまで水が溜まった辺りで、二匹目の魚が泳ぎだした。さっきの魚よりも少し大きい。

お湯張りよりもやや遅いスピードで水が溜まっていく。半分から少し上くらいの水位になったところで三匹目の魚が現れた。

私はその様子を眺めながら、ずっとこのままだったらどうしようと途方に暮れて、お風呂場の床に座り込んでいた。

手は冷え切って感覚がない。

もう限界だ、と思い始めた頃、ようやく手から出てくる水の量が減り始めた。

完全に止まったときには、バスタブの縁ギリギリまで水が溜まっていた。

私は温かいシャワーでかじかんだ手を温めると、まだうまく動かない指で友人に電話をかけた。

「もしもし！　ちょっと大変なことになったんだけど！」

ハンドクリームを塗ってからの出来事を伝える私の話を友人は黙って聞いていたが、一息ついたタイミングでこう言った。

「だから使いすぎちゃダメって言ったじゃないの」

「それだけじゃわからないわよ。こんなことになるって言ってくれないと！」

「だってそんなこと言ったら持って帰ってくれないでしょう」

「ひどいー！」

電話の向こうで友人はクスクスと笑っている。

「大変だったわね。でもおもしろかったでしょ」

私も笑いだした。

「まあね」

目の前のバスタブには銀色の魚が二匹、悠々と泳いでいる。

「うちに熱帯魚がいたでしょう。あれはね、私がハンドクリームを使いすぎたときに出てきちゃったお魚なの」

やはりみんな一度はやらかすようだ。友人は私に、魚を飼うのもなかなか楽しいわよと勧めてきた。

「でも、あなたはいいわよ。湖の水ならお風呂にもお洗濯にも使えるじゃない」

友人のは南の島の香りだった。彼女の手からは波の音とともに海水が出てきたらしい。

「海水じゃ夏にビニールプールに入れて楽しむくらいだわ」

そう言って友人は笑った。

確かにその点だけはよかったかも知れない。あのハンドクリームの水だけあって、そのお風呂に入ると全身が潤った。

さらに、銀色の魚は唐揚げにするとお風呂上がりのビールにぴったりだったが、これは友人には内緒だ。

解けない呪縛

錆

あ、と思った。

しまった、悟られてはいけないと思ったけれど、間に合わなかった。

「どうかした？」

主催者である山田さんの目が細く光った。

「すみません。この間から歯の調子が悪くて。歯医者さんに行かなきゃいけないのに苦手で、つい。子供みたいですよね」

私がハンカチを口元に当てながらおどけると、周りの人達の間にさざめくような笑いが起きる。

「ねえ、高橋さん。高橋さんも歯医者さんに通ってたんじゃなかった？」

「そうそう。私の行ってる歯医者さん、いいわよ」

高橋さんの通っている歯医者は私の通っているところとは違う。面倒だが、歯医者を変えなくてはならない。

「ありがとう。行ってみるわね」

そう言って口元から外したハンカチには、赤茶けたシミがついていた。

悪縁、というのは存在する。

魔に魅入られた、というには高尚過ぎるに違いない。おそらく相手は私のことなどアスファルトに線を描く蟻の行列の中の一匹程にも気にしていないだろう。踏み込む靴の下に入っているか否かの差でしかなく、私は靴の下にいたというだけだ。

私だけではない。

今度の集まりには気をつけろと忠告しに来た吉田さんだってそうだ。

「歯医者、予約した？」

「ううん。まだ」

吉田さんはハンカチを口に当てるジェスチャーをした。

「山田さんが、私のお菓子のせいかしらって気にしてたんだって」

「そんなわけないじゃない。せっかくの山田さんのお菓子、美味しく食べられるように早く歯医者に行って治さなきゃ」

「そうよぉ」

吉田さんと笑いながら、私の背中は冷たい汗で濡れていた。

おそらくこの手の繋がりに関係のない人は、私達の会話の意味が全くわからないだろう。

つまり、私が先日の集まりでハンカチを口に当てたのを、ボスである山田さんは自分が作ったお菓子が美味しくないとの意思表示かもと疑っているので、本当に歯の具合が悪いのだという証拠を用意しろと吉田さんは警告してくれたのだ。

私はゲンナリとしながら、家に帰った。

まただ。

鏡を見ると白いTシャツに赤茶色のシミがついている。液体ではない。指で擦ると、粉っぽい汚れが掠《かす》れて広がった。

少し前から、この赤茶けた汚れが私の周りに現れるようになった。

「嫌だ」

私は口に出して言ってみた。途端に涙が出そうになった。

どうして、子供の幼稚園のバス停が山田さんと同じなのだろう。これが一つでも違っていたら、全く別の生活だったに違いない。

ママ友がどうこうという話題は多いが、メディアに取り上げられるようなえげつないことは滅多にない。今は働いている母親も多いし、まともな大人だったら他人との距離も適当に取れるからだ。ほとんどの人にとっては、フィクションに見えるだろう。

でも多くの事故や事件と同じように、ごく少ないとはいえ、ないわけではない。おそらく非常に低い確率であろうそれに当たってしまった私は、相当に運が悪いに違いない。

初めての登園の日、緊張しながら子供の手を引いてバス停まで行ったときのことはよく覚えている。

「おはようございます」

おずおずと挨拶した私を、先輩ママ数人が上から下まで舐《な》めるように見た。同じ幼稚園ママとはいえ、彼女達は卒園したお兄ちゃんお姉ちゃんがいて、幼稚園でも人生でも、ずっと先輩だ。

特に山田さんは出産が遅かったとかで、グループの中でも一番年長で貫禄もあり、さらに上の子のときに役員をやっていた関係で先生方にも顔が利く。彼女が「この幼稚園ではこうなの」と言えば、それがルールになった。

逆らわず媚《こ》びへつらうのがうまい人にとって、山田さんはとても「いい人」だ。だが、そうでない人にとっては全く違う。その存在は苦痛以外の何ものでもない。

そのどん底の不幸中の幸いといえば、山田さんのところは女の子で、うちの子は男の子だということだ。

週に一度、サッカー教室の日だけは、同じ教室のママ達と他愛ないお喋りをして楽しく過ごせた。

その中に、田中さんという人がいた。

「こんにちは」

「こんにちは」

して当たり前の挨拶がぎこちなくなる。ここでは大丈夫だとわかっていても、私はつい周りを気にしてしまう。

実は田中さんは私達と同じバス停だが、会っても挨拶もしなければ会話もしない。

「あの人さ」

お茶会で「あの人」といえば田中さんのことだ。

「ほら。あの人変わった仕事してるから」

田中さんはフリーのウェブデザイナーをしていると聞いたことがある。

「デザイナーって何？　服とか作ってネットで売ってるの？　でも全然聞いたことないよね」

皆の爆笑に合わせて、私はそんなわけないじゃんと思いながらも声を立てて笑った。

「あの人、駅前のカフェでパソコン広げてんの見たことある」

「え？　一人で？」

「私、カフェで一人とか絶対無理」

「無理だよねー」

またみんなゲラゲラと笑う。

一人で行動できない彼女らには洒落たカフェでゆっくり本を読むなんて習慣はな

い。誰かの家に集まり、ひたすら誰か（今は田中さん）の悪口と、山田さんとその取り巻きの自慢話を聴きながら、お菓子をつまみ、お茶を飲む。

ザラリ、とあの感触がした。

鉄臭い嫌な味がする。

「どうしたの？」

「あ、また歯が。でも大丈夫です」

私はハンカチで口を拭いた。急いだので、汚れと一緒に口紅も取れてしまった。

「歯医者さんには、行ってないの？」

山田さんと高橋さんが私をじっと見る。

「予約は取ったんですけど、結構先になってしまって。やっぱり高橋さんの通われてるところは人気なんですね」

「でしょう」

山田さんと高橋さんが満足した笑顔を見せたので私はホッとした。

周りからも笑いが起き、いつもと同じ、にこやかで楽しいお茶会は続く。

適度な相槌、笑い、大仰な讃美。もはや条件反射のようなもので、私の感情が介入する隙間はない。

媚びへつらって、何をやっているんだろうと思っても、最早抜けだすことはできない。

そんな中、私はまた口元に赤茶色の粉のようなものが付着していることに気がついた。それだけではない。口の中も変な感じがする。鏡で見てみると頬の内側が赤茶色に変色している。

恐る恐る指で触ってみたが、痛みはない。ただ、これまでより多く指先に汚れがついた。嗅ぐとやはり鉄の臭いがする。

自分の体に何が起こっているのかわからなかった。早く皮膚科に行かなければと思ったが、今週は用事が立て込んでいる。歯医者をキャンセルすれば済むのだろうが、それを選択肢の中に入れるわけにはいかなかった。

症状は口の内側だけでなく、指や手のひらにも広がった。赤茶色になった皮膚は固くなり、それこそ錆びた鉄が脆く崩れていくように剝がれた。

「どうしたの？　それ」

田中さんは私の事情を考慮してか、普段はサッカー教室の待ち時間でも会話することがない。それが私の指に巻かれた包帯を見て、いきなり声をかけてきた。

私は動揺した。

それというのも、お茶会では火傷《やけど》だと嘘をついていたのだが、どうやらそれを疑われていると吉田さんから聞いたばかりだったからだ。

「これは……」

言い澱んでいると、田中さんはクスッと笑った。それがひどく私をバカにしたように見えた。実際バカにしていたのだと思う。

私はカッとした。何よ、あなたなんか山田さん達にぼろっかすに言われているくせに！

そう、私が山田さん達に媚びへつらっているのは、そういうことだ。

「錆びているんでしょう」

こちらの感情などどうでもいいというように田中さんは言った。

「え？」

不躾さに苛立ちながらも、私は聞き返さずにいられなかった。

「なんで？」

「私もなったことがあるから」

田中さんは袖を捲《まく》った。肘の内側が周りより少し赤茶色を帯びてかさついていた。

「私がお茶会に行かなくなった理由」

それでもまだ私が黙っていると、田中さんは私の察しの悪さに苛立ったのか、きつい口調ではっきりと言い切った。

「あなた、このままだと錆びて朽ちて終わるわよ」

なんであなたにそんなことを言われなきゃいけないのよと私の心は怒鳴るが、口は貝のように閉じたまま、その内側で錆の味だけが広がっていく。

「あんなところであんな悪口とお世辞だけのお喋りばっかりしてたら、頭や感性が錆びつくのは当然でしょう」

田中さんの言う通りだ。

きっと目に見えるところだけじゃない。私の内側も錆び始めている。その証拠に何か考えたりしようとしたりする度に、体のあちこちが軋み、何かが剥がれ落ちていく。

「田中さん、私……」

言葉の代わりに涙が出てきた。

失うものと得るもの。私はなんだかんだ理由をつけて山田さん達のお茶会に参加するのをやめた。

「ねえ、ちょっとどうしたの？」

買い物で偶然会った吉田さんが、まるで危ない取引でもするかのように私の腕を取って物陰に隠れた。

「最近、来ないけど何かあった？」

「そういうわけじゃないけど、忙しくて」

「山田さんもどうして来ないのかしらって心配してたわよ」

「うん。まぁ、でも、ちょっと」

山田さんが「心配」するときの口調と表情を思いだした。ほんの一瞬だったけれど、それは蝸牛《かたつむり》の這ったあとのような粘液の筋を私に残した。

粘液の付着した場所から、錆びていく。

私はつい吉田さんの腕を振りほどいた。

「ごめんなさい。でも、ちょっと忙しくてしばらく行けそうにないわ」

「え。それ、ヤバいわよ。ねえ」

「ヤバくても、無理なものは無理なんだもの」

「ダメよ。うちだって忙しいけど行ってるのに！」

「だったら吉田さんも無理しない程度に参加すればいいじゃない」

「そんなの無理！　無理、無理！」

吉田さんがまた私の腕を摑んだので、もう一度振り払おうとした。

そのときだ。吉田さんの腕が、肘の辺りからもげたのだ。

「ひっ！」

落ちた腕はかろうじて手首から先を残しているものの、それ以外の部分は完全に錆びついてボロボロになっていた。

「お茶会に参加しなさいよ。参加しないとダメだって……お茶……さん……さんか……」

そう言う吉田さんの顔はもう半分以上錆びて、赤茶けた皮膚が剝がれては地面に散らばった。残った手をひたすら伸ばしてきたが、私に届く前に両膝が折れ、地面に跪く崩れた。

「山田さ……おち……さん……か……」

口を動かすと粉状になった錆が飛び散る。

私はもう悲鳴をあげることもできなかった。ただ目を見開いて、目の前の出来事を見つめているしかなかった。

やがて吉田さんの上半身が倒れた。人の体が倒れたというより金属製のバケツが倒れたようだった。あちこちに錆びて崩れた穴が空いている。

私はそのまま意識を失った。

それから私が山田さん達のお茶会に参加することはなかった。

運ばれた病院の医者は、ストレスが原因の一時的な幻覚のようなものだと言った。だったら、この手に残った赤茶色の痣《あざ》と、吉田さんが密かに引っ越してしまったことは、どう説明するのだろう。

春になり、バス停には新しい人がやって来た。

「よろしくお願いします」

頭を下げる彼女達に、山田さんとその取り巻きは値踏みするような視線を向ける。

「あら」

捕食される側の本能は、既にこいつが捕食者だと告げているに違いない。初めてのバス登園に緊張する若い母親はオドオドしながら山田さんを見ている。

「ねえ、今度うちでお茶会するんだけど、ぜひ参加してよ」

取り巻きも、そうよそうよと囃《はや》し立てる。

「若い人の参加は大歓迎！」

もう若くない女達の若さを讃える声には棘《とげ》が隠されていることを、彼女は知っているのだろうか。

田中さんは近くの騒ぎなど聞こえないかのように飄々《ひょうひょう》としている。

私はそのまま子供とのお喋りを続けた。

心地いいはずの春の風に混じって、酸化した鉄の臭いがした。

目玉

私は今日も目玉を食べる。

「目玉は本当に体に良いのよ。賢い美人になれるわ」

母は私が大人と同じものを食べられるようになってから、毎日欠かさず目玉を食べさせた。

賢く、美しい女の子になるように。

実際、美人かどうかは別として、私が肌の美しさをよく褒められるのは目玉のコラーゲンの効果だと思う。

それよりも特筆すべきは脳の発達と目のよさだ。

DHAは脳の活性化に関与する栄養素で、学習能力や記憶力を向上させる。

血液をサラサラにするEPAに、目の疲れの軽減や集中力向上に役立つビタミン

B1。

それらの働きのおかげで、私はいつも健康で前向き。ついには人と違う能力を手に入れるに至った。

予知能力。

予知というのは正確ではないが、他に簡単に表現できる言葉が見つからないので、とりあえず予知能力と言っておく。

超人的な視力と人智を超えた脳の処理速度により、相手の様子や状況をごく些細なところまで観察・分析し、今後起こりうる状況を計算して予測する。

それだけなのだが、その精度が群を抜いていて、ほぼ百パーセントなのだ。これはもう予知とか予言と言ってもいいのではなかろうか。

同じ理由で私は人の思考も読むことができる。

だがこれも、物語に出てきそうな超能力者のように読むわけではない。表情や仕草など、観察されるありとあらゆるデータからそのとき考えているであろうことを解析するのだ。

私はこの事実に少なからずがっかりしていた。

皆が憧れる超能力とは、才能や努力の延長線上にあるものではなく、物語の中と同じように神からの授かりものであってほしいという期待があったからだ。そっちの方がずっとおもしろい。

そして私は今日も目玉を食べる。

よりによって今日は周りが赤で縁取られた皿だ。その真ん中で大きな目玉がどんよりと佇んでいる。この盛りつけはグロテスクなので、ちょっとやめてほしい。

「さあ、召し上がれ。今日はコンソメで煮てみたのよ」

母に勧められて、私はスプーンを手に取った。

言っておくが目玉は嫌いではない。魚が好きな人にはわかってもらえると思う。母が料理上手なこともあるが、今日もトロッとしたゼラチン質にコンソメがしみていて、とても美味しい。

私が食べる様子をニコニコと眺めている母を見た。

母には私の能力のことを話していない。

だがそんな力を使わなくても、母の考えていることはわかる。

一流大学から一流企業、そこで知り合ったエリート男性と結婚した一人娘に面倒を見てもらって死ぬまで安泰。

それを望む母を私は否定できない。

私がまだ幼い頃、父の不倫が原因で両親は離婚。それ以後、母は苦労して女手一つで私を育ててくれたのだ。

ある日、目玉のホイル焼きを食べている私に、悩んでいる友人の相談に乗ってほしいと母が言ってきた。

「私はただの学生よ？　アドバイスなんて無理だわ」

「そんなことないわ。あなたは賢いし、洞察力も判断力もある。きっと客観的ないいアドバイスができると思うの。もしできなくたっていいのよ。悩みを相談したい人というのは、話を聞いてくれるだけですっきりするものなんだから」

「そんなものかしら」

もちろん人の心が読めて予知能力のある私にとって、悩みごとについてのアドバイスなど朝飯前だ。

やってきた母の友人の悩みごとは、ちまちました割とどうでもいいんじゃないかと思えるもので、要は現状をどうにかしたいわけではなく、欲しい言葉を言ってもらいたいという類のやつだった。

その人の心を読み、その通りに伝えたら、涙を流すほど喜んで帰っていった。

それからだ。母は悩みがある人を募っては、私のところへ連れてくるようになった。

中には深刻な内容のものもあったが、大半はどうでもいいようなことで、予知のできる私にとって相手に解決策のヒントを与えるのは難しいことではなかった。

相談者は日に日に増えてくる。

母は何を考えているのだろう。私は初めて母の心を読んだ。

私は一言も聞いていなかったが、どうやら母は私を神の申し子だと言って相談者から高額な相談料を取っているようだ。

「お母さん。相談に来た人からお金を取っているの？」

私は目玉の煮付けを食べながら問いただした。何を考えているのかはお見通しだが、母の口からちゃんと聞いておきたかったのだ。

母は渋々口を開いた。

「実はね」

私を教祖にして宗教団体を作ろうというのだ。

呆れた。こんなことなら当初の予定の女の花道コースの方がずっとマシだ。

だが母は堅実さよりも、目の前の濡れ手に粟のような生活にすっかり目が眩《くら》んでしまっている。

私は失望したが、父に出ていかれてからお金に苦労した母の気持ちもわかるので、結局は言う通りにした。

説明したように、私の能力は予言というよりも予測なのだが、まず外すことがないし、第一インチキでないことだけは確かなのだから、たくさんの信者が集まり、教団はあっという間に大きくなった。

それとともに、母の生活も派手になっていった。服装や化粧だけではない。宝石類や高級車、投資にも手を出し、果ては芸術のためだとかいって素性の知れない若い男への援助までするようになっていた。

「お母さん、いい加減にしてちょうだい！」

目玉の照り焼きを持ってきた母に、私は容赦なく言った。料理が盛りつけられた皿は以前よりもはるかに高価で、信者の古美術商から言われるがままに購入した代物だ。

「いくらなんでもやりすぎだわ。そのうち、訴えられるから！」

今や母は教祖の生母として、女王のように教団に君臨していた。そのことに対する信者の疑問がちらほら耳に入ってくるようになっていた。幹部の間でもあまり評判がよくない。なんとか私がとりなしてはいるものの、遅かれ早かれ彼女は糾弾されることになるだろう。予知をするまでもない、当たり前のことだ。

私は母を説得しようとした。

「今のままじゃ教団はダメになるわ」

だが母は平然と、むしろいつもより冷え冷えとした雰囲気で、張りついたような薄笑いを浮かべて私の前に座っている。その唇がゆっくりと動いた。

「それが見えたの？」

「え？」

私はドキッとした。なぜならこの期に及んで、私はまだ母に自分の能力について話していなかったからだ。

母はもう一度聞いた。

「あなたの目にそれが見えたの？」

「見えるとか見えないとかじゃなく、人として……」

「見えたの？」

母はずいっと顔を近づけて、私の顔を覗き込む。

本当のことを言えば、母が破滅する未来——例えば横領で逮捕されるとか、信者に吊るし上げられるとか、そういうのは見えていなかった。

今までと同じような日常がずっと続いている世界が見えた。

しかし、このままでいいかというと違う気がする。

返答に困る私に母が言った。

「教団が終わる未来なんて見えていないんでしょう？　見えるはずがないのよ」

「どういう意味？」

「そうね。あなたも大人になって能力も手に入れたことだし、そろそろ話す時期かも知れないわね。あなたのその力は、ある神様からもらったものなの」

「は？」

私はつい間抜けな声を出した。

「私の力はそんなかっこいいものじゃないわ。毎日食べている目玉に含まれている栄養のおかげで視力と脳の働きが他の人より優れている、それが理由よ。ちゃんと科学的根拠があるの」

「そうかしら？」

母は妙に確信めいている。

「確かに、目玉には目にも頭にも良い栄養が多く含まれているけど、それを毎日食べ続けていたからといって、ただそれだけであなたのような能力を身につけられるかしら」

私は心臓がドキドキして、息が苦しくなってきた。

「……どういう意味？」

「あなたがずうっと食べてきた目玉。あれ、何の目玉だと思っていたの？」

私の目が見開かれるのとは反対に、細められた母の目が針のように光った。

胃の奥からムカムカと吐き気が込み上げてくる。ビニール袋に詰められた大量の目玉が、うちの冷凍庫の中に入っている。私は何の疑問も持たずに、それを通販で買ったただのマグロの目玉だと思って食べていた。

毎日、毎日。

口を押さえて屈み込む私に、母は口を歪めて笑いながら言った。

「ある日突然お父さんに捨てられて、お母さんは途方に暮れたわ。お金も職もなく、あなたはまだ小さかった。そりゃあお父さんを恨んだわ。恨んで、恨んで。呪ったと言ってもいい。そのくらい困っていた。ある日本当に追い詰められて、あなたと一緒に死のうとしたことがあるの。あなたを抱いて人気《ひとけ》のない崖の上に立って、このまま海に飛び込んだら楽になれるんだと思った……そのときだったわ、私の前に神様が現れたの。姿は見えなかったけれど、その声はしっかりと聞こえた。お前の望みを叶えてやる、だがそれには条件があるって」

「条件？」

「娘を神の子として捧げろ、と」

私は声が出なかった。ただ胸を押さえることしかできなかった。

母は続けた。

「娘に自分の体の一部を与え続ければ、やがて神の子になれると告げられた」

「冗談でしょ……」

「そうね。私もそのときはそう思ったわ。追い詰められていた精神のせい、幻聴のようなものだと思った。でもその声で私は我に返り、崖から飛び降りずに済んだのは確かだった。あなたと一緒に生きていこうという覚悟もできた。本当はそれだけで十分だったんだけど……」

母は一度言葉を切った。私はごくりと唾を飲み込んだ。

「ある日突然、目玉が送られてきたの。送り主はわからない。それからは定期的に、通販の食品と同じように冷凍された目玉が発泡スチロールの箱に入って届けられるようになった。私はそれをあなたに食べさせ続けた。だって命と引き換えだったのよ？　言うことを聞かなければどうなるかわからないじゃない。さっきはあんな言い方をしたけれど、私にもそれが何の目玉だかわからないの。実はただのマグロの目玉かも知れないし、そうじゃないかも知れない」

皿の上の目玉の照り焼きがじっと私を見ている。

母も私を見ている。

「さあ、自分の未来を見てみるといいわ」

私が見た私の未来。

それは今と何ら変わりのない世界だった。結局、私もこの地位を、そして生き方を捨てることができなかったらしい。

ただ、その顔は……。

失せ物小屋

私は歩いていた。

どうやってここまで来たのかよく覚えていないけれど、近所の公園に来ていた。

ああ、今日はお祭りだったのかと、重い頭でようやく思いだす。

道の両側に並んだ夜店に明かりが灯り始める宵の口、老若男女の波に飲まれて流されるまま歩くと、やがて縁日の果てに設えられた、いかにも怪しい小屋の前に出た。

今どき珍しいラジカセから哀れを誘う音楽を流しながら、薄汚れた燕尾服の中年男が妙な調子をつけた口上を述べている。

「寄ってらっしゃい、見てらっしゃい」

私は少し離れたところから様子を窺《うかが》った。

「寄ってらっしゃい、見てらっしゃい。世にも珍しい失せ物小屋だよ。何の因果か失くしたことさえ気付かれず、忘れられたる哀れな失せ物。お代は見てのお帰りだよ！」

男の言葉に、私は思わず小屋の前まで来ていた。

「失せ物小屋？　見世物小屋じゃなくて？」

「ええ」

男は持っていた小さな杖で「失せ物小屋」と緑のペンキで書かれた入り口の看板、というかただの板を指し、下卑《げび》た笑いを浮かべた。

「失せ物小屋です。どうぞ観てってくださいよ」

魔が差す、というのはこういうことを言うのだろう。普段なら決して足を踏み入れることのない怪しい場所にふと興味が湧き、気がついたときには扉替わりのムシロをめくって小屋の中へと入っていた。

中は薄暗く、土の上に直に床几《しょうぎ》が並べられている。私以外にも物好きはいたようで、既に何人かの客が座ってぼんやりとした背中を見せていた。私はどの客からも間隔を取った場所に腰を下ろした。

みかん箱でも重ねて作っているのではないかという貧相な舞台に、下からの強烈すぎる照明が必要以上の陰影をつけ、それだけでも嫌な夢を見ているような胡散《うさん》臭さだ。

ふと、今頃彼は何をしているのだろうかと思った。

こんなことはもう何度目だろう。

仕事を辞めてくるのも浮気をするのも、いちいち覚えていられない。別れたいと思わない日はないし、実際に別れ話だって数えきれないほどした。でも結局、喧嘩しては仲直りしての繰り返し。これが腐れ縁というものなのだろう。

別に誰に見られるわけじゃなし、私はメイクが崩れるのも構わずグイッと手で涙を拭った。恥ずかしいことにハンカチを持っていなかった。

さて何を見せてくれるのかと待っていると、やがて袖から録音された手回しオルガンの演奏が流れてきて、薄汚れた人形を持った女が出てきた。所どころスパンコールの剝がれた衣装に包まれた体はすっかり緩んでいて、見ていた私は思わず自分のお腹を押さえた。

「えーん、えーん」

「どうして泣いているの？」

どうやら腹話術らしいが、お世辞にも上手とは言えない。老人会が公民館で開く学芸会を見せられているようだ。

「捨てられちゃった」

「おやおや、かわいそう」

「ご主人様は見栄っ張り。友達に古い人形をからかわれるのは嫌だけど、でも手放すのも嫌。引き出しの奥にあたしを突っ込んで、忘れたっきり十数年」

「それでどうしたの？」

「ご主人様のママが見つけてゴミ袋に入れて捨てちゃった」

一応ここがオチなのか、女は変顔を決めるとお辞儀をして舞台袖に消えた。客のまばらな拍手が聞こえた。私も数回手を叩いた。

同じような古びた人形を私も持っていた。新しい人形を買ってもらった友達にバカにされたのが悔しくて、本当はお気に入りだったけれど、それから二度と遊ばなかった。そういえば、あの人形はどうしただろう。

次の演目は奇術だ。

出てきたのは山高帽に口髭《ひげ》を生やした痩せぎすな男の奇術師だったが、私が大学を卒業して最初に勤めた会社の部長にそっくりで、思わず吹きだしそうになった。

奇術師は、金紙や銀紙の星をベタベタ貼って飾った空き箱を一本足の台の上に載せ、恭《うやうや》しくお辞儀をした。

「これなるは魔法の箱。タネも仕掛けもございません」

一度中が空なのを客席に見せてから、箱の中に手を入れる。

出てきたのは匂いつきの消しゴムだ。

小学生の頃、ムキになって集めた。人と比べてより多く、より珍しいものを。本当は匂いも苦手だったし、消しゴムより欲しいものもあったけれど、みんなが集めているから、私もお小遣いのほとんどを消しゴムに使った。親には無駄遣いを叱られてロクなことがなかった。そういえば空き缶に入れていたコレクションはどうしただろう。

奇術師は両手を広げてポーズを取ると、もう一度箱の中に手を入れた。

次に出てきたのは子猫だ。痩せこけた体は頼りなく、目ばかりが大きくて、ミィミィと鳴き声もか細い。貧相な舞台に相応しい貧相な猫だ。

学校帰りに同じようなサビ柄の猫を世話していたことがある。雨の日に道端で鳴いていたのを拾って、家の近くの木箱に隠して、残した給食のパンをやっていた。別に特別動物が好きというわけでもなかったけれど、なんとなくそうするものだ、そうしなければいけないと思い込んでいた。

案の定途中で飽きた。ずいぶん経ってから、ふと思いだして行ってみたら、逃げないようにきっちり閉じ込めた木箱はそのまま、すっかり静かになっていて、これはもう見るまでもないなとそのままにして、あとは忘れた。

一つ演目が終わる度、客の何人かが出ていく。薄暗い中をぼんやりと黒い影が無言で動いていく様は、小屋の惨めったらしい雰囲気と相まって、あまり気持ちのいいものではない。

私もそろそろ出ようと腰を上げたが、高らかなラッパの音とともに入り口で呼び込みをしていた男が現れ、機会を逃した私は仕方なく元の場所に腰を下ろした。

男はもう一度ラッパを吹いた。甲高い音が耳に刺さって、私はついそれを避けるように身をよじった。

「それでは皆様。第二部はお待ちかね、ショウの始まりです」

安っぽい背景が描かれたベニヤ板が外されると、アップライトピアノが現れた。かけてあるレースのカバーにも、その上に置かれた陶器の置物にも見覚えがある。私が子供の頃に弾いていたピアノだ。きれいなドレスで発表会に出てチヤホヤされるのは好きだったが、練習はこれっぽっちも好きじゃなかったから、中学に入ったと同時に部活を理由に辞めてしまった。

舞台袖から一人の少女が出てきた。

また見覚えがある。中学のとき、同じクラスだった子だ。親同士が知り合いで最初は仲がよかったけれど、彼女は途中で転校してしまった。

少女は、ピアノの前に座ると弾きながら歌い始めた。

そうだ。彼女は地味で控えめな子だったけれど、ピアノがとてもうまかった。けれどクラスにはもう一人、ピアノが得意だと言っている子がいた。かわいくて派手な子だった。その子に言われるまま、私は彼女と距離を置いた。

それきりだ。

もう一人、少女が出てきた。高校時代に同じクラスだった子だ。

私と同じグループの子が好きだった男子と仲がよかった。私達は大事な友人を傷つけた彼女を徹底的に糾弾した。

その少女はピアノに合わせて踊り始めた。

あとで聞いた話では、二人は同じダンススクールに通っている仲間で、実は蚊帳《かや》の外なのは友人の方だったのだ。それでも私達は、かわいそうなヒロインを応援する優しい友人を演じ続けた。

本当はそんなことしたくなかったのに。

本当は?

踊りに男のメンバーが加わる。

一人は学生時代の彼氏。とても優しくていい人だったけど、友人に自慢できるような見た目じゃなくて別れた。

もう一人とは結婚話も出ていたけれど、一流企業じゃない彼とやっていける気がしなかったし、何より友人に報告できないと思った。

もう一人は、既に結婚して子供もいるのをずっと隠していた取引先の男。

さらにいつの間にか加わったコーラスは、結婚、出産したことで距離ができた同僚達。

やがて、今アパートで待っているはずの彼が現れた。

ここに来て、ようやく失せ物小屋の意味を知った。ここは失った物を見せる場所。私はやっぱり彼を失っていたのだ。心はとうの昔に私から離れて知らぬどこかへ行っていた。

そういえば折れるのはいつも私だった。一人になるのが怖くて、人から孤独な女だと思われたくなくて、見た目のいい年下彼氏を羨ましく思われたくて、必死でしがみついていた。

彼は手に大きな鏡を持っていた。

呼び込みの男が私の前に来て、ステージに上がるよう促す。

ビールケースを重ねてガムテープで貼りつけただけの階段は不安定で、私は不恰好な姿でステージに上がった。

ステージの盛り上がりは最高潮、古びたスピーカーから流れる音楽の音は割れ、ピアノが乱暴に鳴らされ、声を張り上げるだけの合唱が狭い小屋に充満する。思わず耳を塞ぐほどの大音響だ。

安物の照明はやたら強く、眩《まぶ》しく、熱かった。

突然音楽が途切れ、反射した光に一瞬目が眩《くら》んだあと、私は鏡の中に自分の顔を見る。

疲れ、やつれ、ハリもツヤも衰えた、花の盛りを過ぎた女の顔。

私が失ってしまった最たるもの、時間と、若さ。

「はい！　お客様、ありがとうございましたー！　皆様、拍手をお願いしまーす！」

パラパラと起こるまばらな拍手の中、呼び込みの男は呆然とする私を突き飛ばすようにステージから降ろした。

音楽は、いつの間にか入り口で聞いた物悲しい曲に変わっていて、舞台上では呼び込みの男を中心に出演者達が集まり、まるで客がいっぱいいるかのように客席に向かって笑顔で手を振っていた。

最後に呼び込みの男が恭しくお辞儀をするとステージの照明が落ち、代わりに客席の天井からぶら下がった裸電球が点いて、お開きになった。

客はもう私以外誰もいなかった。

ムシロをめくって外へ出るともう暗く、祭りはとっくに終わっていて、とぼとぼと歩く道の両側では、屋台の片付けを終えた人達が缶ビールを片手に談笑していた。どこからか聞こえてくる虫の声が、ひどく懐かしいものに思われた。

部屋に戻ると、電気は消えていて彼はいなかった。それだけではない。窓の外から入る街灯の明かりだけでも彼の持ち物が一切なくなっているのがわかった。壁にかけっぱなしだった服も、カバンも、ゲームやパソコンも、すっかり消えていた。

私は部屋の真ん中にぺたりと座った。もう涙は出なかった。

鏡に映ったあの顔が頭に浮かぶ。

本当はこんなはずじゃなかった。本当は……。

どうしたかったんだっけ？

その疑問は、落とした蓄光ビーズのように、暗い部屋で小さく淡く光った。

小指

　ＰがＭに面会したのは、こんな鬱々とした用件には全く似つかわしくない、明るく晴れた日だった。

「こんにちは」

　白い壁に囲まれた狭い面会室で必要最小限の挨拶をすると、Ｍも小鳥のような声でこんにちはと返した。

　Ｍはまだ十五歳になったばかりの少女だった。

　色素が薄いのか肌は透けるように白く、長い髪はやや赤みを帯び、利発そうな目は薄い茶色だ。半袖から伸びる腕はほっそりしているが、不健康さは感じさせない。どこにでもいる、同じクラスにいればちょっとかわいいと思われるであろうくらいの普通の少女だ。

ただテーブルの上で組まれた手の、左手の小指に薄汚れたボロボロの包帯が巻かれている。

Pはテーブルを挟んでMの正面に座ろうとした。引いたパイプ椅子が滑稽な音を立て、Pはどうしようもないような笑いを浮かべた。Mは表情を動かさなかった。

「どこから話せばいいですか？」

「どこから……じゃあS君のことを聞いても……」

「はい」

少女は組んだ自分の手に視線を向けると、細い記憶の糸が切れないように丁寧に解き始めた。

「Sは中三になってから転校してきた子でした」

三年生になってからの転校ということもあって、Sはなかなかクラスに馴染めないようでした。

浮いているのとは違います。彼は成績もよかったし、明るくて人当たりもよかったので、周りの人達とはそれなりに仲良くやっていました。ただ部活動も主な学校行事も終わっていたので、特別に仲がいいというか親友と呼べるくらいの人はいなかったのだと思います。何かのときにふと一人になってしまうのだと言っていました。

私も、家庭の事情もあって部活には入っていませんでしたし、やはり本音で話し合える友人というのはいませんでした。

私とSはロマンティストだったのです。

図書室で初めて出会ったとき、恋愛でも友情でもない、夢に見た儚く美しい物語の相手としてこれ以上相応しい人はいないと思いました。それはSも同じだったようです。

私達は互いに「親友には話せるかも知れないけれど友人には話せない事情」を持っていたので、それが共鳴したのかも知れません。

最初はお互いが好きな本の話、そこから少しずついろいろな話をするようになり、私達の関係は水溶液の中で育つ結晶のように作られていきました。

「うちの家、父さんがいないんだ」

「私と同じね」

「経営してた会社が倒産して、父さんどこに行ったかわからなくなっちゃって、急遽母さんの実家に越してきたんだ。なんでこんな中途半端な時期に転校して来るんだって思っただろ？」

「何か事情があるとは思ったけど」

Sの心の傷は新しく、まだ少しも血が乾いていない感じがしました。

「うちは最初から父親がいないの。私が小さい頃に、他に好きな人ができたって言って出てって、それきり」

反対に私の傷は古くてひきつれてはいたけれど、既に肌の一部になっていました。それは端からは異常とも見える母親の束縛を、当たり前のこととして受け入れているのと同じでした。

ママは私が他人と接触するのをとても嫌いました。小学生の頃から、私が友達と遊んでいて帰りが遅くなろうものなら、泣きながら玄関で待っているのです。

私がまた呪いを受けるのではないかと心配でたまらないのだとママは言っていました。

呪いというのは、この小指のことです。

小指のことを話したのはSだけです。他の人に話したことはありません。

「その包帯、どうしたの？」

知り合ってしばらく経ってから、予想通りSはその質問をしてきました。こんなことは初めてではありません。クラス替えをして二、三日経つと必ず何人かはこの質問をしてきます。でも私が答えず、しかもそれから何カ月経っても包帯をしたままなのを見ると、大体みんな距離を置くようになります。私に親しい友人がいない理由の何割かは、この小指の包帯のせいだと思っています。

「怪我でもしているの？」

Sはもう一度聞いてきました。

「これのこと？」

「うん。ずっと包帯してるけど」

「ああ、これね」

私は本当のことを言おうかどうしようか迷いましたが、結局Sには話すことにしました。隠しごとをするのが嫌だったのもありますが、それ以上にSと秘密を共有できるのをどこかで喜んでいました。

「これは呪い。私、呪われてるの」

包帯が巻かれた小指をSに見せながら私は言いました。

「父親が出ていって何日か経ったときかな。小さかったからよく覚えていないんだけど、突然ママが私の指にきつく包帯を巻いたの。痛くもないし怪我もしてないし、私はなんでだろうって思ってた。そしたらママがギュッて私を抱きしめてわんわん泣きながら、あの女が呪いをかけたって言ったの。あ、あの女っていうのは父親を奪っていった女の人ね。その人が私に恐ろしい呪いをかけたから、決してこの包帯を取ってはいけないって。人に見せちゃダメなんだって。それ以来ずっとこんな感じ」

「恐ろしい呪いって何？」

「知らない」

「その包帯、もし取ったらどうなるの？」

「知らない。取ったことないもの」

それから少し間を置いてから、Sはお風呂のときはどうしているのかと聞いてきた。

「ビニール手袋してる」

「そっか」

Sは包帯の上から、そっと小指に触りました。

「痛い?」

「痛くない」

「ならよかった」

安心したような、少し悲しいようなSの横顔を、図書室の古いガラス窓から入った西日が照らしていました。なぜかその一瞬だけは今でもよく思いだすのです。

小指の秘密は私とSをさらに結びつけました。

思った通り、呪いなどという非科学的な話を聞いても、Sの私に対する態度は少しも変わりませんでした。

変わったのはママの方でした。

知っていると思うけど、ママは精神が不安定な人です。元々束縛してくる人でしたが、それがますますひどくなりました。

ママはSの存在に気付いたのです。

私とSは世界中の誰よりも結びついていたけれど、実際には昼休みか放課後に図書室で話すだけでした。クラスも違っていましたし、私もSも手紙と家の電話以外の連絡方法を持っていなかったからです。でも持っていたとしても、私は図書室以外でSと話すことはなかったと思います。

ああ、でも夜になると急に声を聞きたくなることはあったから、もしかしたら連絡していたのかも知れません。

私はSの存在を完全に隠していました。でもママは……ああいう人っていうのは、なんであんなに勘が働くのでしょう。

ママは私の持ち物の中から一枚のノートの切れ端を見つけました。それは本当にただのノートの切れ端で、書いてあることも小説のタイトルと作者名、それだけでした。

たったそれだけのものから、ママはSの存在を嗅ぎつけました。

ママは私の担任に「娘が男子につきまとわれて困っている。脅されているのか、相手が誰かは教えてくれない。娘が傷つかないようこっそり調べてほしい」と頼みました。ママはあんな調子だから、新任の女の先生はかなり怖かったんでしょう。こっそり図書室を覗いて、ご丁寧に写真を撮ってママに送りました。写真っていった って、ただ閲覧用の机に座って二人が喋っているだけの写真です。さっき言った通り、私達はそういう関係を望んではいなかったのです。

でもそれは、ママの妄想を爆発させるには十分なものでした。

毎日毎日、ママは私をSから引き離すために、馬鹿馬鹿しい理由を並べ立てました。でも、どれもこれも私がとっくに知っていることでした。

ママは、私がSとはそういう関係ではないと何度言っても信じてくれませんでした。

そうなるともう「嘘」「嘘じゃない」の無限ループ。わかるでしょう?

それからママは、いかに男が嘘つきで信用ならないかを延々と話し続けます。つまりそれは父親のことなのですが、私にはどうでもいいことです。

そして必ず最後にはこう言うのです。

「呪われた女の子を好きになる人なんていない!」

それだって言われなくてもわかっていることです。

私とSは図書室で会うのを諦めなければなりませんでした。そこで登校前のわずかな時間に学校近くの児童公園で会うようにしました。

「僕は呪いなんて気にしないけどね」

Sの言葉に、私はホッとしていました。別に呪いのせいで嫌われても構わないし仕方がないとずっと割り切っていたのに、そのとき確かにホッとしたのです。

「そもそも、それって本当に呪いなの？」

「どういうこと？」

「うん……でも、なんて言うか」

「はっきり言ってよ」

「うん。それはお父さんの愛人の呪いなんだよね。それってどこで得た情報だったんだろう」

「どこって、ママが……」

じゃあママはどこからその事実を知ったのだろうか。私は言葉に詰まりました。なんて無防備に私はママの言うことを信じていたのか。不思議なことに、私はママの言葉を疑ったことがなかったのです。

童話のお姫様は王子様のキスで目を覚ましますが、私はSのこの一言で、目が覚めました。

私は包帯の巻かれた小指を見ました。

Sの考えていることがわかったので、私は黙って頷きました。

私がSの顔をちゃんと真正面から見たのは、そのときが初めてだったと思います。

私達はいつもどちらかというと目を逸《そ》らしがちで、話しているときでも相手の目ではなく耳とか顎とか、どこか違うところを見ていましたが、そのときだけはしっかりと相手の目を見ていたのです。

そしてご存知の通り、それがSを見た最後になってしまいました。

Sについて話せるのはこれだけです。


Pは何か言いかけたけれど、結局「それは」のあとに何と続けていいのかわからないまま、テーブルの端に視線を移して、居心地が悪そうに顎に生えた髭を撫でた。

Mも黙って小指をさすった。

「Sはこれをママの呪いだと言いました」

Pも髭を撫でる手を止めて小指を見た。

「これはママが私を自分のところに縛りつけておくための呪いだって」

「あ、ああ……そういうことね」

「私もそう思います。父親が出ていったせいでママは寂しがってたから。私をずっと傍《そば》に置いておきたかった」

「……」

「でも、それだけでしょうか？」

「どういう意味かな？」

「父親の女は、彼が私を離婚できない理由にしていたせいで、とても私を嫌っていました。呪っていなかったっていう保証はどこにもないんです」

「いや、呪いなんてものは……」

「ないと思う？」

Mが急に顔を上げたので、Pはまともに M の顔を見た。そこには十年以上無視して全くの他人として過ごしていながらも、親子であるという確たる証拠があった。

「ねえ、パパ」

Mは小指を指差した。

「これが本当は何なのか知りたくない？　っていうかこんなことになっちゃったんだから知る必要あるんじゃない？　一応、親として」

テーブルの上の小指は、包帯の先から少しだけ見えている薄い桜色の指先のおかげで、なんとか得体の知れない不気味なものに見えずに済んでいる。

「そ、それはママに聞くよ。ママが元気になったら……」

「無理よ。ママはSを刺し殺したあと、自分も灯油を被って火をつけちゃってあの調子だから、もう一生話なんてできない。でもね、他に一つだけ確かめる方法があるの」

包帯はキツく結ばれていたが、Mはそれをなんとか解いた。

「こうすればいいのよ」

Mは包帯を取った小指をPに突きつけた。

それを見た途端、Pは情けない悲鳴を上げて面会室から飛びだし、足をもつれさせながら逃げだした。


それ以後、父親であるPがMに会いに来ることはなかった。

そしてどういうわけかプッツリと連絡も取れなくなった。

彼に何が起こったのか、再び巻かれた包帯の下に何があるのか、Mは笑うばかりで決して話そうとはしなかった。

怖い職場

ネイリスト

私はネイリストだ。

これ以上はないというくらい簡単に説明すると、爪に色を塗るのが仕事だ。もちろんそれだけではない。爪の手入れやハンドマッサージもするし、付け爪の作成・デザインもする。手の美容全般と言った方がいいだろうか。

ずっと大手のサロンで働いていたが、最近独立して自分の店を出した。駅からやや離れているとはいえ、巨大ターミナル駅のエリアにあるビルの三階だ。

以前のお店からのお客様がこちらに移ってきてくださったこともあり、経営はなんとか軌道に乗りつつある。今はもう一人、バイトのネイリストを雇う余裕もできた。

こんな私には特技がある。

「お客様。最近お酒を飲む機会が続いているんじゃありませんか？」

「えーっ、わかる？」

「肝臓に疲れが出ていますよ。爪の色が悪いです。お体は大事にしないと」

それもこれも自分の店を出すために人一倍の努力を重ねた結果なのだが、爪の状態を見たり、ハンドマッサージのとき手に触れたりすることで、お客様のことがいろいろとわかるのだ。

お客様の手にマッサージクリームを塗ると、私は丁寧に揉みほぐしていく。ふと指先に通常ではありえない感触が伝わる。

（ああ、このお客様はもう長くないな）

疲れなんていう、かわいいものではない。彼女の肝臓は病に蝕まれている。この調子だと数カ月、いや今月中には入院することになるだろう。

健康状態だけではない。この特技は職業や家族構成、寿命や運勢までわかる。手というのは、手相も含め情報の宝庫なのだ。

だが私はそのまま笑顔でマッサージを続けた。

知ったことをいちいち教えるのは出過ぎた真似というやつだろうし、なぜわかるのか説明を求められても困る。

得た情報は小出しにしながら会話に織り交ぜ、この人は私をわかってくれると信頼させるために使う。

ネイルサロンに通う人の中には、自身を飾るために技術力重視で通う人と、サロンにいる間、自分がどのような扱いをされるのかを重視する人がいる。

無駄なお喋りやお世辞を好まないタイプと、施術の間中ずっとお喋りをしていたいタイプ。

今日のお客様は後者。

最初からタメ口で、まるで友人のように振る舞ってくるし、こちらにもそれを要求してくる。褒めておだてているうちはいいが、うっかり他のお客様と親しげな様子を見せれば、あっという間に機嫌が悪くなる。他の人より優遇されていなければ気が済まないタイプだ。

それでいてケチ。むしろ「友人なんだからオマケしてよ」とすら言いかねない。

惜しい客ではない。

「いらっしゃいませ」

「こんにちは」

その日の午後一番は珍しく新規のお客様だった。私より少し若いきれいな女の子で、服装のセンスもいい。彼女は店内をキョロキョロと見渡すと、素敵なお店ですねと言って微笑んだ。

「どうぞこちらへ」

椅子を勧めて、アレルギーの有無などをチェックする問診票を書いてもらっている間、私は密かに彼女の様子を観察した。

手はネイルこそしていないが、爪の形がきれいに整えられ、手入れが行き届いている。緩く巻かれた明るいブラウンの髪、つけ睫毛《まつげ》やカラーコンタクトをしているけれど嫌味のないメイク。もしかしたら同業者かも知れないと私は思った。

「失礼ですが当店のことはどこで？　どなたかのご紹介でいらっしゃいますか？」

ネイリストが私とバイト一人しかいないため、HPやSNSでの宣伝はあえてしていなかった。

「いいえ、そういうわけでは」

お客様は明るい笑顔で言った。

「前を通ったときにお店があることに気付いて……」

「そうですか」

やっぱりだ。しかしネイリストが客の振りをして他のサロンに行くのは珍しいことではない。そうやって接客や施術、アイデアを勉強し、自分の仕事に生かしていくのだ。

「今日はどのようになさいますか？」

「ベーシックコースで」

様子を見るのに一番いい、マッサージとカラーリングの基本セットだ。やはりこの子は新人のネイリストで、勉強のためにうちに来たのだろう。真剣にデザインサンプルを見ている。

ところが彼女は、ピンクベージュのベースカラーに爪の先はホワイトという、肌馴染みのいい色のフレンチというシンプルなデザインを選んだ。ストーンのような派手な装飾はなし。

どうやら基礎的な技術を見たいらしい。

「ではマッサージから始めますね」

消毒をしたあと、手の甲にクリームを置き、ゆっくりと延ばしていくと、リラックス効果のある花の香りが広がる。

「いい香りですね」

「ありがとうございます」

「どこのクリームなんですか？」

私は商品名を教えた。

それからの彼女は、私の質問に「ええ」とか「まぁ」とか言葉を濁すばかりでまるで答えず、ほとんど会話をしないまま、じっと私のマッサージの様子を見ていた。

肘の下から手首、ツボの多い手のひらは念入りに。そうしながら私は彼女の情報を根こそぎさらってやろうと思っていた。同業者ならいつかライバルになるかも知れない。そのときに今日得た情報が役立つことがあるだろう。

ところが、いくら手を見ても触れても、彼女のことがわからないのだ。

こちらの感性が鈍っているのではない。しっかり彼女について読み取ることはできている。しかし受け取る情報が混乱して結論が導き出せないのだ。

こんなことは初めてだった。私は焦った。うっかり必要以上に力を入れてしまった。

「どうなさったんですか？」

それに気付いた彼女の方から声をかけてきた。

顔に出したつもりはなかった。私が未熟なのか、彼女の勘がいいのか。

「いえ、なんでもありません。失礼いたしました」

ふと彼女の口元が歪んだ。そして驚いたことに彼女の方が私の手を握ってきたのだ。

突然の奇行に、ゾワッと鳥肌が立った。

にもかかわらず、ブツブツと粟立つ肌を彼女はゆっくりと撫でた。本来なら心地いいはずのクリームがぬるぬるとして気持ち悪い。

なぜかお客様が私の手をマッサージし始めている。彼女はキュッキュッとリズミカルに私の手のひらを押す。

「疲れが溜まっているようですね」

「……」

「睡眠不足に不規則な食事。無理もないです。その若さで独立して自分のサロンを開いて、この短期間で軌道に乗せるなんて、並の努力じゃできません。あなたは私達の憧れなんですよ」

「どうも」

「大手サロンチェーンの支店で働いてらっしゃったんですよね」

「ええ」

「その間も努力を怠らず、いろんなサロンに通って研究を重ねた。その甲斐《かい》あってネイリストのコンテストで何度か入賞を果たしている。独立するならコンテストで優勝の実績が欲しいところ。しかしあなたは入賞まではいくものの、どうしてもトップに立てない。既に人気ネイリストとして一定の指名客も手に入れていたあなたにとって、独立のためなら入賞で十分だったはず。けれどプライドの高いあなたは優勝にこだわった。でも、なかなかうまくいかない。そんなとき、あるデザインに出合った。同じサロンのアシスタントの子のデザインノート。そこに描かれたデザインをあなたは盗んだ」

「盗んでなんかいない！」

私の言葉を無視して彼女は淡々と続けた。

「ネイルサロンは女の社会。既に派閥のボスになっていたあなたに、アシスタントの子が敵うはずなんてなかった。上訴したところで面倒な揉めごとを好まない役員は訴えをスルー。あなたの取り巻きの嫌がらせに耐えかねて体調を崩したアシスタントは店を辞め、未だに働くことができない。そしてあなたはそれに対し罪悪感を持っている」

「なっ、何を根も葉もないことを!」

「そうでしょうか?」

彼女はゆっくりと私の手を撫でた。うっとりするようなテクニックだ。心地よくリラックスさせるリズムと強さ、余程練習しなければこうはできない。

「私もあなたと同じだけの技術を持っている、としたらどうでしょう」

私は立ち上がって彼女の手を振り払おうとしたが、すごい力で手首を摑まれた。

「言ったでしょう。私は野心満々で自分の目標を達成するためには手段を選ばないあなたに憧れていたんです。このことを誰かに話すなんてことはしません。アシスタントだった方には気の毒ですが、そんな弱気で生き抜ける世界じゃないんだし、早めにリタイアしたのは本人のためにもよかったんです。だからあなたが罪悪感を持つ必要なんてないと思います」

手首を摑む彼女の指先から、その言葉が嘘ではないことが伝わってくる。

私が席に座りなおすと、彼女は摑んでいた手首を離して、再びお客様として手を差しだしてきた。私もマッサージを続けた。

それからは彼女が施術についてする質問にいくつか答えただけで、最後の仕上げまで滞りなく進んだ。

「すごい、仕上がりもきれい。さすがです」

彼女は塗られた自分の指先を見て嬉しそうに微笑んだ。

「ありがとうございます」

「それでなんですけど……」

彼女は自分のバッグから、名刺を取りだした。

「実は私も近々自分のサロンをオープンするんです。場所はここよりワンブロック駅寄りのビルの一階です。ここからだと徒歩三分くらいの場所です」

そこは最近再開発されて、注目店が一気に集まっていると評判のファッションビルがある場所だった。そんな場所にありながら、何をどうしたのか、名刺の裏に書かれた施術料金は私の店より安く抑えてある。

「そうなんですか？　おめでとうございます」

声が震えそうになるのを必死で堪えて平静を装う私の手を取って、彼女は握手をした。

「嫌だ、そんなに怖がらなくてもいいじゃないですか」

彼女はにっこりと微笑む。

「これからよろしくお願いしますね。先輩」

握手をした手のひらから凍りつく悪意と燃え上がる野心が一気に流れ込んできた。

さっちゃん

今年の春、幼い頃からの夢だった幼稚園の先生になった。

補助のバイトをやっていた幼稚園には空きがなくて入れなかったが、このご時世に就職が決まったことはありがたかったし、決まった幼稚園は同業者の中でも評判がいいらしく、バイト先の先生方も喜んでくれた。

ただ一つ、私の前に三人が学年の区切りも待たずに立て続けに辞めているということだけが気がかりだった。

だが、その理由はすぐにわかった。

「では新人の星野先生には、松田先生と一緒に年少のひよこ組を担当してもらいます。一年目は大変だと思うけどよろしくね」

園長先生は還暦を過ぎた恰幅のいい女性で、どちらかというとハキハキして、笑顔を絶やさない明るい人だった。

「よろしくね」

対して松田先生はおっとりしていて優しい話し方をする人だったが、自身も二人の男の子を育て上げた園一番のベテランだ。

「よろしくお願いします」

頭を下げながら、皆いい人達に見えるし、なぜ新人がすぐに辞めてしまうのだろうと考えていた。

それから私は、松田先生に新入園児を迎えるための準備について教えてもらった。幼稚園というのは先生が手作りしなければならないものが多いし、新学期はさらに教室の飾りつけも加わる。

「大変だと思うけど頑張りましょうね」

「はい！」

「それでね、ちょっと変なことを言うようだけれど、大事だから必ず守ってね。さっちゃんはいるから」

「さっちゃんって、若葉さち子ちゃんですか？」

私は名簿を見た。若葉さち子という名前と誕生年月日以外は両親の名前も住所も何も書かれていない。私が口を開きかけたのを遮るように松田先生はもう一度言った。

「さっちゃんはいるの」

断固としたその口調で、私は新人が辞める理由を悟った。

入園式、名簿に記載された人数より一人少ない園児達が幼稚園へとやってきた。年少さんなのでお母さんと離れたくなくて泣いたり、落ち着いて座っていられなかったりとハプニングもあったが、なんとか無事に式を終えた。

式のあとに移動した教室にはさっちゃんの席があり、名札やお道具も用意してあるが、そこには誰も座っていない。

もちろんその後もさっちゃんが姿を現すことはなかった。

それでも私と松田先生は彼女の分の小物を作り、給食も用意した。誰も座っていない席に置かれて、お昼の時間が終わればそのまま私に片付けられる給食に最初は興味を示していた園児も、しばらくすると何も言わなくなった。子供の順応性の高さに感謝するしかない。

保護者に聞かれたときは病気で長期欠席だと答えるのが園の決まりのようだった。

「さっちゃんはいる。それだけ守れば何もないから」

確かに問題は他に何もなかった。不気味ではあるが、元々あまり気にしない性格の私にとって辞めるほどの理由にはならない。園長先生をはじめ周りの先生方もよくしてくれたし、子供達もそれなりに手間がかかるとはいえ、みんなかわいかった。

その頃、園では光る泥だんごを作るのが流行った。

テレビか何かで作り方を見た年長さんから始まって、今では休み時間やお迎えのバスを待つ間に、みんな外に出て黙々と泥だんごを作っている。

困ったことにその泥だんごブームのせいで園庭が穴だらけになってしまった。結局、教材を購入して作ることにし、代わりにもう園庭の土は掘り返さないよう園児達に約束させた。

光る泥だんごは乾燥させては磨くを繰り返すため、作りかけの泥だんごはそのまま園庭に置かれる。自然とそれぞれの組で置き場が決まっていた。

「じゃあみんな、自分のおだんごをちゃんと園庭に戻してね」

「はーい」

中にはごねる子もいたが、園児達はそれぞれの置き場所からおだんごを取ってきて、園庭の穴を埋めていった。

私は子供達の成長ぶりに感動しながらその様子を見ていたが、ひよこ組の置き場に一つおだんごが残っているのに気がついた。他のおだんごに比べて完成度が高く、少しだけだが艶も出ている。

「これ、誰のおだんごかなー？」

私は大きな声でみんなに聞いた。大事に作ったのだろうと思うと、勝手に壊すことはできなかった。

「知ってる人、いるー？」

「先生！」

返事をしたのはひよこ組の中でもしっかり者のゆいちゃんだ。

「先生。それ、さっちゃんのおだんごだよ」

「え？」

私はゆいちゃんの顔を見た。嘘をついているようには見えないし、周りにいる他のお友達も頷いている。

「さっちゃん、の？」

「うん。給食みたいに先生が片付けちゃえばいいよ」

ゆいちゃんは年の離れたお姉ちゃんがいるせいか、ときどき生意気なことを言う。

だが私は背中がぞわぞわとしていて、それを注意することも忘れていた。

手に持った泥だんごが急に何か得体の知れない恐ろしいものに見え、すぐにでも地面に叩きつけたい衝動に駆られたが、必死で耐えた。

「さ、さっちゃん。おだんごは先生が片付けちゃうね」

とりあえずそう言うと、一番近くにある穴に泥だんごを突っ込んで足で雑に平らにすると、あとは手洗い場でひたすら手を洗った。

それからも「さっちゃんのもの」は私の前に現れた。

あるときはシロツメクサの花冠だった。園庭に落ちている花冠を誰のものかと聞いたときだ。

「それはさっちゃんの」

園児の一人が答えた。見れば花冠を作って遊んでいた子供達は、みんな手に自分で作った花冠を持っていた。

さっちゃん

夏休み近くになると、園庭にプールを作って水遊びをするのだが、みんな一つだけおもちゃを持ってきていいことになっている。おもちゃといってもプリンカップのような捨てるものを再利用したものだ。それに名前を書いて持ってくる。

楽しい水遊びが終わって、人数を数えながら園児達をプールから上げると、最後のチェックは新人である私の仕事だ。今日も無事に楽しく遊べたことにホッとしながら、忘れ物のおもちゃを拾う。

その中の一つ、マヨネーズの空き容器に書いてある名前を見て、私は思わず悲鳴を上げた。落とした容器の水しぶきが顔にかかった。

ひよこぐみ　わかば　さちこ

恐る恐るもう一度拾い上げる。容器の口から水がドボドボと垂れた。透明な容器に太いマジックでくっきりと名前が書いてある。もちろん同姓同名はいない。

私はとりあえずその容器を乾かしてから、さっちゃんのロッカーに入れておいたが、それは他の園児がおもちゃを持ち帰るタイミングで、いつの間にかなくなっていた。

しかし、相変わらず教室の中で作る製作物をさっちゃんが作ることはなく、私は配った材料をそのまま片付け続けていた。

　さっちゃんのもの、が現れるのは園庭だけだ。しかも放りだされていても誰も気にしないようなものに限られている。

　ある日、私はしっかり者のゆいちゃんに聞くチャンスに恵まれた。

「ねぇ。このオシロイバナのパラシュート、さっちゃんのだよね」

「うん、そうだよ」

「さっちゃんが作ってたの見たの？」

　ゆいちゃんは黙って首を振った。少し警戒されているようだ。私はそれを解こうと思い切り笑顔を作って質問した。

「なんでさっちゃんのってわかったの？」

　ゆいちゃんは、うーんと首をかしげて考えてから言った。

「だって園長先生が、さっちゃんのって言ってたよ」

「園長先生が？」

「うん。さっちゃんのパラシュートここに置いとくねって。だからここのはさっちゃんのなの」

「そっか。ありがとう、ゆいちゃん」

ゆいちゃんは安心したのか、にっこり笑うとお友達の遊んでいる方へと駆けていった。

園長先生は子供が園庭に出ているときは自分も出て、危険がないように見守りながら一緒に遊ぶ人で、草花を使った遊びを園児に教えているのも彼女だ。

水遊びのときも、園便りに載せる写真を撮ったりしながらプールサイドにいた。名前を書いた空き容器を紛れ込ませる機会はいくらでもあった。

「まさか」と「やっぱり」という思いが交錯してモヤモヤを抱えたまま、夏休みも終わり、秋になった。

自分の推理が間違っていなかったとわかったのは、何人かの園児が園長先生の周りに集まって一緒にススキのミミズクを作っていたときだ。

みんなが自分のミミズクを作り上げてはしゃいでいる最中に、園長先生はさりげなく自分で作ったミミズクを園児の一人に差しだして言った。

「さっちゃんのミミズク、靴箱の上に置いといてくれる？」

「うん！」

その様子を一部始終見ていた私は、そういうことかと理解した。こんな言われ方をすれば、素直な園児にはそれがすぐにさっちゃんのミミズクとして認識される。だから人に聞かれれば「それはさっちゃんのだよ」と答える。泥だんごも花冠も同じからくりだ。

とにかく得体の知れない恐怖から解放されはしたものの、園長先生への尊敬は今まで通りというわけにもいかず、居心地の悪い思いをしているうちに、今度はお遊戯会の準備に追われることになった。

特に音楽劇の準備が大変で、演目を決めてからの衣装や小道具の製作はもちろんのこと、何より気を使うのが配役だ。文句を言ってくる親御さんがいるのはお約束で、今回の対応は松田先生がやってくれたが、横でそのやり取り聞いていた私も胃が痛くなりそうだった。来年からこれを一人でやるのかと思うと気が遠くなった。

この劇にも、その他大勢の一人としてさっちゃんの役があった。もちろん衣装も、頑張ったご褒美に渡す折り紙で作ったメダルも、さっちゃんの分を用意する。

日中は日中で園児達の指導に追われてヘトヘトになっている身としては、たかが一人分、されど一人分で、さっちゃんの分を作るのが負担で仕方がなかった。

だから、ようやくお遊戯会が終わったときには、まず無事に終わったことにホッとして、ああすればよかったこうすればよかったとひとしきり反省すると、そのあとにはさっちゃんの存在への疑問と怒りが湧いてきた。

幼稚園全体の公式なものとは別に、松田先生がひよこ組の打ち上げをしましょうと飲みに誘ってくれたときだ。お酒が入っていたのもあると思う。

「あれってまだやらなきゃダメなんですか？」

二杯目のジョッキを片手に私は松田先生に言った。絡んだといった方が近いかも知れない。

「あれって？」

「さっちゃんのことです。私、知ってるんですよ。あれは園長先生がやってるんですよね。いつからですか？　なんでですか？　なんで私達は毎日使われないお道具を用意して、誰も食べない給食を捨てなきゃいけないんですか？」

次第に私の声が大きくなっていった。

「やってられないですよ。なんで園長先生の茶番に付き合わなきゃいけないんですか？　いもしない子供のために！」

松田先生が小さな声で「あっ」と言うのが聞こえた。その途端、金縛りにあったように体が動かなくなり、足元から得体の知れない何かが這い上がってきた。見えはしないけれど、それは確かに存在していて、私の体の上でぞわぞわと蠢《うごめ》いている。私は最初に言われたルールを思いだした。さっちゃんは必ずいるものとして扱うこと。その禁を破ってしまったのだ。

「ご……ごめんなさい」

何かはもう首元まで来ている。

一気に酔いが覚め、涙が出てきた。

「ごめんなさい、ごめんなさい……」

ボロボロと泣きながら謝り続けていると、松田先生が静かに言った。

「さっちゃん、もういいでしょう。星野先生、ちゃんと謝ってるよ。許してあげて」

園児に言い聞かせるような声だ。途端にすっと体が楽になった。

「ま、松田先生、ありがとうございます」

ぐしゃぐしゃの顔でしゃくりあげる私に、松田先生はティッシュを渡してくれた。

先生の話によると、さっちゃんは開園のときからここにいるらしい。どうやら園を経営する夫の元に嫁いだ際に、それまで働いていた園から園長先生が連れてきてしまったのだという。

もう辞めたいと泣きじゃくる私に松田先生は言った。

「無理を言うようだけど、このことで星野先生には辞めてもらいたくないの。さっきのでわかったでしょう。さっちゃんは聞き分けもいいし、何よりうるさい保護者もいない。慣れればこんなにいい子はいないのよ」

確かに松田先生の言う通りだった。

結局、私はそのまま辞めずに仕事を続け、今は新人を指導する立場になった。

「あと一つ、大事なこと。さっちゃんはいます」

そう説明すると、やっぱりみんな訳がわからないという顔をする。でもそのうちわかる。

さっちゃんはいる。れっきとしたひよこ組のお友達だ。

職場の花

先輩は職場の花と呼ばれるのに相応しい人だった。

いつでも明るくて元気がよく、自分の仕事ができるのはもちろんだが、後輩の指導もうまく、上司の信頼も厚い。特に美人というわけではないが愛らしい容姿で、話題も豊富、人の悪口は言わない、僻《ひが》みや妬みはサラッとスルー。当然モテモテ。私の憧れだ。

「先輩！　どうしたら先輩みたいな素敵な女性になれるんですか？　秘訣《ひけつ》を教えてください！」

「うーん、秘訣っていうか……これを飲んでいるおかげかな」

先輩が見せてくれたのは、小さな硝子瓶に入った花のエキス。

毎朝、これを水に一滴落として飲むのだという。花のエキスが美容にいいと聞いたことはあるけれど……。

「これはただの花のエキスじゃないの。花咲か爺さんが咲かせた花から取った、人生を花開かせる特別なエキス」

「先輩、お願いします！　私にもそのエキスの入手方法を教えてください！　この通り！」

「そんな大袈裟に頼まなくても、明日持ってきてあげるわよ」

「えっ、本当に？」

「うん。うっかり忘れてたら言ってね」

「ありがとうございます！　でも先輩。そんな貴重な情報を簡単に教えてしまっていいんですか？」

「このエキスの効果を得るためには条件があるの。まずは正直であること。嘘をついたり変な隠しごとをしていてはダメ。それと誰にでも優しく親切であること。いつでも笑顔。花咲か爺さんの昔話を思いだしてみて。ちゃんと守れる？」

「守ります！　守ります！」

「じゃあ、明日ね」

翌日、先輩は約束通り花のエキスの入った瓶を持ってきてくれた。

「はい」

「い、いいんですか?」

ドキドキして手が震えた。先輩はその他にもう一つ、瓶をくれた。

「私が今まで使っていたエキスよ」

「先輩はもう使わないんですか?」

聞けばまだみんなには言っていないが結婚が決まっており、退職して海外に行くのだそうだ。相手はエリートでイケメン。そして先輩は、現地でフラワーアレンジメントを本格的に学ぶ学校に入って資格を取ることにしたらしい。

「花の命は短いわ。どう実を結ばせるかは自分次第。私の瓶は予備として持っておいて誰か欲しい人が現れたら渡して」

私は先輩が簡単にエキスのことを教えてくれたのを思いだした。本当ならこんないい物、他人に教えたくはないはずだ。だからといって教えないでいるとエキスの効力がなくなってしまう。

「みんながこのエキスを欲しがったらどうしましょう」

「その件に関しては心配しなくても大丈夫」

にっこり笑った先輩は、それからしばらくしてみんなに惜しまれながら退職し、旅立っていった。

先輩の「大丈夫」の意味はすぐにわかった。

あのエキスを飲み始めてから、確かに私の人生も花開きだしたと言っていい。仕事もプライベートも絶好調、素敵な誘いにも事欠かない。

当然、誰もが何か特別なことをしているのではないかと詮索してくる。

「それはこの花のエキスのおかげだと思うわ」

私は先輩の教え通り、正直に答えた。

だが信用しないのだ。どうやら彼女達が知りたいのはそういうことではなく、どうやって上司に取り入ったのか、どんなモテテクを使っているのか、だったらしい。嘘をついてごまかしている、と陰口を叩く人までいたのには、少しショックだった。

そんな中で唯一私の話を信用してくれたのは二年下の後輩だ。

正直こんなエキスの力を借りなくてもいいんじゃないかと思うくらい華やかで仕事ができる子で、私や先輩がフラワーショップの店頭に並べられているかわいらしい花なのに対し、彼女は奥のガラスケースに入っている薔薇といった雰囲気だ。美人でスラリと背が高く、帰国子女で語学も堪能。センスもよくて垢抜《あか》けている。

「先輩！　私にもそのエキスを分けてください！」

見た目は派手だが中身は素直ないい子だし、きっと彼女なら今よりもっと輝くことができるだろう。

しかし私には気がかりなことがあった。

「このエキスを使っている間は、親切な正直者でいなくちゃいけないの。本当に大丈夫？」

彼女は嘘をつく可能性があった。

出る杭は打たれると言うが、彼女を快く思わない同僚数人が嫌がらせをしているのを私は知っていた。注意をしても一向に止めない。仕事の失敗をなすりつけることもあり、その度に彼女は黙って後始末を引き受けていた。

今回はそれが嘘に相当してしまうのだ。果たして彼女は、正直に他の人のミスだと上司に言うことができるのだろうか。

「大丈夫です。私、頑張ります」

結局、私は彼女に花のエキスの瓶を渡した。

いろいろ心配はしたけれど、後輩はさらにその輝きに磨きをかけていった。

ところが、エキスのおかげか以前よりさらに親しみやすくなったことで女子同士の軋轢《あつれき》も減り、これなら一安心と思っていた矢先に、後輩がまた絡まれている場面に遭遇した。

「これ、あなたがやったのよね。ちゃんと修正しておいて」

嘘だ。私は別の人がやったのだと知っている。止めようとしたけれど、それより先に後輩はいつものように「はい」と返事をしてしまった。

「わかりました。修正しておきます」

「ちょ、ちょっと！」

私は物陰から飛びだして、二人の間に割って入った。

「それ、この子じゃない。他の人がやったのよ」

「いいんです、先輩」

「だって……」

私達が揉めている間に、絡んでいた相手はフンと鼻を鳴らして去っていった。

「ねぇ。エキスを渡したときに言ったよね。嘘をついてはダメなのよ。正直でいないと」

「わかってます、先輩。大丈夫です」

何が大丈夫なのかはわからないが、彼女の目はしっかりしていたし、特に異変も起こらなかったので、一応その場はそれで終わりにした。

それから数日、心配で様子を見ていたが特に変わったことはない。

考えてみれば、そうか。

花咲か爺さんの咲かせた花から作ったエキスなんて、そもそも気の利いた作り話に違いない。私より中身が大人の後輩はとっくに気付いていたのだろう。

親切で正直で笑顔を絶やさずにいれば、自ずと職場の花になれる。だが簡単なことほど実行は難しい。花のエキスはあくまでそれをサポートするためのものなのだ。

私は自分の単純さにちょっと顔が赤らむ思いだった。先輩に言ったら「今頃気付いたの?」と笑われそうだ。

とはいえ、花のエキスの香りと味が好きだったので、そのまま続けて飲んでいた。

後輩も相変わらずだった。

まさかの変化があったのは、あのとき後輩に絡んでいた女の方だ。

何かミスがあったのか、上司の前に女と後輩が並んで立っていた。状況から察するにまた女は後輩に罪をなすりつけようとしているらしい。黙って下を向いている後輩の横で、すごい勢いで喋っている。

そのときだ。

女の口からボロボロと黒い汚泥《おでい》がこぼれ落ちた。

周りから悲鳴が上がる。その間にも女の顔は、みるみるうちにシワシワに老いていく。

私はその様子をじっと見つめる後輩に気がつき、大急ぎで物陰へと連れていった。

「ど、どういうこと？」

「どういうって、自業自得ですよ」

「え？」

「エキスを飲んでいたのは私じゃなくて、あの人です。いつも私に飲み物を用意させるんですけど」

「ちょっと待って。自分の飲み物は自分で用意するってみんなで決めたルールでしょう？」

「あの人にそんなのは関係ありません。で、私はその飲み物にあのエキスを混ぜていたんです。もちろん、そのことは説明しましたよ。嘘をつくと効果が失くなる美容エキスを入れましたって。ただ、お喋りに夢中だったので聞いていたかどうかはわかりませんけど」

「まさか……」

「思いだしたんです。花咲か爺さんの話では、意地悪爺さんにバチが当たっていましたよね。少しずつ老けてきてるなとは思っていたんですけど、まさか口から泥まで出るとは」

私は背中がぞくっとするのを感じた。

「もしかして最初からエキスの不思議な力を信じていたの？」

「当たり前じゃないですか。だって先輩が言ったんですよ、花咲か爺さんの花のエキスだって。これでスムーズに仕事ができるようになりますし、今度は本当に私が飲んで頑張ります！」

彼女はそう言うと、給湯室に置いてある掃除用のバケツと雑巾を取った。

「あの人に持っていってあげなきゃ。相手が意地悪爺さん、じゃなくて婆さんでも親切に、ですよね」

笑顔を残して去っていく彼女の後ろ姿を見ながら、私はため息をついた。

確かに彼女は大輪の職場の花。

ただし美しい花には棘があるのだ。

恋愛奇譚

靴下を履いた猫

今日、私は初めて彼の部屋に呼ばれた。

駅から徒歩八分、閑静な住宅街の中にあるマンションの三階、２ＬＤＫ。

「素敵なお部屋」

お世辞ではない。センスもよく、お金をかけた上質な家具を揃えてある。

私は少し緊張しながら白い革のソファに座った。

「仕事からヘトヘトになって帰ってくる場所だから、居心地よくて癒される場所にしたくて」

仕事柄残業が多いし、人付き合いも苦手だから、他に給料の使い道がないのだと彼は言った。

そういえば出会ったばかりのときも、そんなことを話していたっけ。

大手メーカーでSEをしている彼とは、いわゆる婚活パーティーで知り合った。

ゆるふわのモテ系ファッションに身を包んだ華やかな女の子達に男性が群がる中、壁の花になっていた地味な私に話しかけてくれたのが彼だった。

「こんにちは」

「こんにちは」

不器用な挨拶が好もしかった。

派手な女の子は苦手なのだと彼は言った。

「ああいう子は性格がキツいから」

「こういうパーティーにはもう何回か？」

「いえ。今回が初めてです」

それから私達は仕事や趣味についてなどいろいろな話をしたが、その場で連絡先を交換するくらい気が合い、盛り上がった。

「また会ってくれますか？」

「こんなに早く相手を決めちゃっていいんですか？」

興奮した面持ちで聞いてくる彼に、私は反対に質問した。彼は迷わず、いいんですと答えた。

「僕は自分の直感を信じます」

その迷いのない眼差《まなざ》しは、まさに私が探していたものだった。

それから私達は二度会い、食事をした。

今日のデートは三回目。その帰りに、自宅に来ないかと誘われたのだ。多少性急な気がしないでもないが、私も心のどこかで今日は勝負の日だと覚悟していた。

いつもより少し大胆な服もそのためだ。

彼がジノリのカップにコーヒーを淹れて出してくれた。

私はコーヒーを一口飲むと、カップの白い縁に薄くついた口紅をそっと指で拭い、その指を自分の口元へ持っていくと、ドキドキしながら指についたコーヒーをちょっとだけ舐めた。

これは彼を誘うための作戦だ。ちゃんとサインを受け取ってもらえるか、行儀が悪い女だと引かれてしまうかの賭け。彼が顔を赤らめて視線を逸らしたところを見ると、作戦成功のようだ。

「本当に素敵なお部屋」

「そうかな」

雑誌にも特集されるような人気の街からたった二駅の場所とはいえ、主要な繁華街へ出るには乗り換えが必要で、しかも駅からマンションまでが急な上り坂ということもあり、外観や内装の雰囲気の割に家賃は控えめなのだと彼は言った。

「ずっと一人暮らしなの？　ご家族は？」

「ああ、うん」

彼は言葉を濁した。

気まずくなってしまった空気をどうしようかと思っていると、リビングのドアの向こうからニャアという鳴き声が聞こえた。

「そうだ。猫は平気？」

私が頷くと、彼はリビングのドアを開けた。入ってきた猫を彼は愛おしそうに抱き上げた。

「こいつ。こいつが僕の家族。名前はペロ」

一度頬ずりされてから床に戻された猫は、きれいな空色の瞳で私を見た。

私も猫をじっと見つめた。

やがてペロがそっと私に近づいてきたので、頭を撫でてやると嬉しそうに喉を鳴らした。

「ペロも君が気に入ったみたいだ」

「かわいい。スノーシューね」

「よく知っているね」

ペロは耳と顔の中央が焦げ茶色でシャム猫のような見た目だが、その足先が靴下を履いたように白い。その様子から、昔見たアニメ「長靴を履いた猫」に出てくる猫の名前をつけたのだと彼は言った。

「それにしても、スノーシューという言葉がすぐに出てくるとは思わなかったな。猫、好きなの？」

「好きよ。特にペロみたいにかわいくてお利口な猫はね」

すっかり私に懐いたペロは、膝の上でゆったりと背中を撫でられながら気持ちよさそうに目を細めている。

「よかったー！」

彼は私の隣に身を沈めると、心の底からホッとしたように言った。

「よかった？」

私はその言葉の意味を察して、顔を赤らめた。

そこで彼も思わせぶりなことを言ってしまったのだと気がついたらしい。

「よかったというのは、つまりこれからペロと仲よくにやっていけそうだということで、それは、君と……いや、そういうつもりじゃ」

焦ってフォローしようとして、しどろもどろになる彼をかわいそうに思ったのか、ペロが助け船を出すように私の手を舐めた。

「ニャア」

「ふふっ。ペロは歓迎してくれるって」

「ペロ……」

彼は私の膝の上にいるペロを撫でた。

「僕の父は僕がまだ幼い頃に亡くなって、それは仕方のないことなんだけど、再婚した母とも新しい家族とも折り合いが悪くて、今は絶縁状態なんだ」

「そうだったの。辛いことを聞いてごめんなさい」

「いいんだ。でも、だからこそ結婚相手はしっかりした相手と、ちゃんとした家庭を築きたいと思っている」

「わかるわ」

彼はその相手として私を選んでくれたということだろうか。私はドキドキしながら彼の言葉を待った。

「実は、こんな急に君を家に誘ったのには理由があるんだ。君をペロに会わせたかったんだ」

「ペロに？」

「うん。ペロは本当に賢い猫なんだ。以前、僕の家に来た人の中にペロが懐かない人がいたんだ。ペロは基本的に気難しい猫じゃない。その人自体は猫好きだと言っていたし、煙草も吸わないからにおいが原因というわけでもない。でも一緒に来た他の人には懐くのに、その人だけはどうしてもダメで、おもちゃを出そうが餌をやろうが、ペロは毛を逆立てて牙を剥いて威嚇していた。彼は仕方がないよと許してくれたけれど、僕は申し訳ない気持ちでいっぱいだった。

だがそれからすぐ、彼が仕事で僕の手柄を横取りしようとしていることがわかった。バレたら開き直って僕を散々罵り、結局は実質クビのような形で退職したけれど、後味の悪い結果になってしまった」

「本当に？」

「うん。一時期付き合っていた女もそうだ。化粧の匂いもしないような大人しくて控えめな彼女を、なぜかペロはひどく嫌った。そのせいで深い付き合いになるタイミングを逃しているうちに、彼女が上司と不倫関係にあることを聞いた。彼女はその後、会社を辞めて実家に帰った。他にも同じようなことが何度かあった」

「つまりペロには善人と悪人とを見分ける力があるってこと？」

「そうだと思う。だから僕は友人でも仕事の相手でも家に誘う振りをして、ペロに審判を乞うんだ。懐けば合格、だめならそこで距離を置く。ずっとそうやって僕は付き合う相手を選んできた。そのせいで人間関係が限られているのも確かだが、相手を知るために無駄な時間を使うよりずっといい」

「効率的ね。それで私は合格なのかしら？」

「それは、ペロがこれだけ懐いているんだから……」

彼は顔を赤らめた。

その日、私は彼の部屋に泊まった。

それから数カ月後。

彼は私の目の前で床に転がっている。

こっそり食事に混ぜた薬のせいで体が動かせなくなっているのだ。意識がなくなるのも時間の問題だろう。

「な、なんでこんなことを？」

彼は涙目で聞いてきた。相変わらず鈍い。

「お金のために決まっているじゃない」

私は正直に言った。数日前、彼は結婚を前提に、私を受取人にした保険に入ったばかりだった。

「最初から保険金目当てだったのか？」

そんなの聞くまでもない。そんなこともわからないなんて。

「そ、そんなのうまくいくはずがないだろ」

「ご心配なく。今までだってうまくやってきたもの。ねぇペロ」

私に抱かれたペロは甘えた声で鳴いた。

「……そうだ、ペロ。どうしてペロはこんな女に懐いているんだ。お前はもっと賢い猫じゃなかったのか？　ペロ……どうして……」

「ペロは本当にお利口さん。あなたの言った通り」

そう言って撫でると、ペロは嬉しそうに目を細めた。

「最初に会ったときから、ペロは私の本性を見抜いていたのよ。逆らえば殺される、あなたと私、どちらについた方が得か。ちゃーんとわかっていたのよねぇ、ペロ！」

彼の目から涙がこぼれた。

「あ、でもペロは裏切ったわけじゃあないのよ。最初から自分にとって一番居心地のいい場所を守っていただけ。恨むなら自分で人を見ることをせず、他人任せどころか猫任せにしていた自分を恨むべきよ。さあ、ペロ。そろそろお別れを言いなさい」

床に下ろしてやると、ペロはもうほとんど意識がない彼に近付いていった。

半分だけ開かれた彼の虚ろな目には、四つの白い靴下が見えているのか、口がわずかに「ペロ」と動いたような気がした。

ペロは最期の別れのつもりか、ミャアと鳴いて彼の涙を舐めた。

「行きましょう、ペロ」

もうあとは、私もペロも彼を振り返ったりはしなかった。

祭りの夜

いつからここにいるのだろう、どうしてここにいるのだろう。

ここはどこだろう。真っ暗で何も見えない。

私は声を限りに、父や母を呼んだ。暗闇の中で両手を伸ばしたけれど触れるものは何もない。

「おとうさーん！　おかあさーん！　どこーっ？」

怖い、心細い、どうしよう、どうすればいいのだろう。わからない。

それだけじゃない。

家はどこ？　今はいつ？　お父さんの顔、お母さんの顔、いろんなことが思いだせなくなっている。一体、何が起きたというのだろう。

涙がこぼれ落ちそうになった瞬間、誰かが私の手を摑んだ。

「何してるの、こっちだよ」

途端に視界が開けた。眩しくて顔に翳《かざ》した手を外すと同時に、忘れてしまっていたものを一気に思いだした。

ここは普段、通学に使う川と田んぼに挟まれた土手の道だ。今は闇を背景に、両側に並んだ露店の裸電球が煌々《こうこう》と光っている。

そうだ。今は高校二年の夏休み。

祖母が縫ってくれた白地に薄紫色の菖蒲《しょうぶ》を染めた柄の、少し大人びた浴衣《ゆかた》を着て、私は夏祭りに来ているのだった。

私は自分の手を摑んだ人の顔を見た。

東京から夏の間だけ勉強のために涼しいこの地へとやってきた、私より二つ年上の大学生だった。彼が一緒に行こうと祭りに誘ってくれたのだ。

思いだした。

舞い上がった気持ちで、私は精一杯めかし込んできたのだった。

「行こうか」

彼が微笑んでいた。

私は赤らめた顔を上げることもできないまま、繋がれた手はそのままに彼の後ろをついて歩いた。

私の住む山間の小さな村の真ん中には大きな川が流れていた。年に一度の祭りの夜は、いつもは静かなその川の土手にたくさんの提灯《ちょうちん》が揺れ、その下にはどこからやってきたのか露店がずらりと並び、まばゆい灯りの下、田舎では滅多に見ないような珍しい品物を賑《にぎ》やかな口上で売っていた。

緊張している私の様子を見て彼は微笑む。

「足元、気をつけて」

その姿も優しい言葉も洗練されていて、物語に出てくる王子様というのはこういう人じゃないかと思った。

私達は歩いた。人混みのせいにして、できるだけゆっくり。

手を解かれてしまったのは残念だったが、一緒に祭りを楽しんでいることは、それだけで夢のようだった。

「何か食べようか」

かき氷を食べて子供のように染まった舌を見せ合ったり、型抜きに失敗しては笑い転げたり、親に禁止されている鮮やかな色の飴玉をこっそり買ったり。

「きれい」

ただの飴玉なのに、今夜はキラキラと輝く宝石に見える。

「女の子っていうのは光るものが好きだね。カラスみたいだ」

「カラスだなんて」

口を尖らせる私に、彼は笑ってみせる。その度に私は目眩《めまい》に似た感覚を覚えた。

「冗談、冗談。怒った顔もかわいいね」

私は真っ赤になっていただろう。下卑た感想は言い合えても、面と向かってきれいだのかわいいだのとサラッと言うことのできる男なんて、この田舎にはいない。私もそんなことを言える人は、本か映画の中にしか存在しないと思っていた。

しかも彼は、近くにあったおもちゃが並んでいる露店で、小さな指輪を買ってきた。

「これ」

そして私の左手を取ると、小指にその指輪を嵌《は》めた。子供用のおもちゃの指輪は小指にしか入らなかったからだ。

それだけで私はもう彼のことしか考えられなくなった。彼が私の全てになった。たった一個のおもちゃの指輪で。

行こう、と彼は再び私の手を取った。熱に浮かされたようにぼうっとしたまま、私は後に従った。

もうすぐ縁日の終わり、並んだ露店の端まで来る。その先、提灯が連なる道をまっすぐ行くと山の中腹にある神社の参道に続く。

花火が始まるせいか、みんな神社の方から降りてきていた。河原へと向かう人の波に逆らいながら、私達は歩いていた。

ふと既視感があり、私は足を止めた。

「どうしたの？」

「金魚」

祖父が睡蓮《すいれん》鉢に金魚を入れたいと言っていたのを急に思いだしたのだ。

目の前には金魚すくいがあって、ラクダの腹巻をしたおじさんの座っている前には、赤と黒の金魚が泳いでいる。

それは飴玉や指輪についたビーズとは違う、くっきりとした鮮やかさだ。

「金魚すくいがしたい」

私は言った。

「金魚すくい？　あとにしない？　神社に行くのに邪魔になるよ」

「だめよ。花火が始まったら縁日は終わってしまうもの」

「いいから行こうよ」

彼はそう言って私の手を引いた。前もそうだった。

そのとき、私はどうしたんだっけ？

私は動かなかった。

どうしよう、どうしよう。そうだ、花火。もうすぐ花火が始まるのに、どうして神社に行こうとしているんだろう。

「花火、見ないの？」

「神社からでも見えるよ」

そんなわけはなかった。神社は誰もが考える花火見物の穴場だが、残念ながらここは本殿が邪魔をして花火が見えないのだ。この町の人ならみんな知っていた。

「嘘」

私は言った。

その途端、景色が変わった。

水の中で泳いでいた金魚が、赤と黒の小さな四角く切られた色紙《いろがみ》になっていた。

それらはしばらく水の中で金魚の群れと同じような動きをしていたが、そのうちにただ水に浮く紙になってしまった。

それだけではない。

来た道を振り返ると、他の露店も、そこで売っている物も、人々も、提灯の明かりも、四角い色紙になってバラバラと崩れていった。

後ろによろけた私の体を支える人はいない。振り向くと、彼も色紙の塊になっていた。

私は何か間違えたのだろうか。

いや、違う。間違えたのはあのときだ。

結局、私は金魚すくいがしたいと言いださなかった。

夏の夜の湿った熱気と、繋がれた手の熱にのぼせたまま、秘密を持とうと囁《ささや》いた彼の言葉にただ頷いた。

本や映画の中の美しい恋物語。幼い私は自分がその主人公の一人になったと思い込んでいた。都会から来た大人の彼に追いつきたかった。彼の望むままにすることがこの恋を完全なものにすると信じて疑わず、愚かにも幸せさえ感じていた。

そして、私は全てを失ったのだ。

あのとき、間違えてしまったから……。

風が色紙を空へと巻き上げる。色とりどりの色紙の破片が渦を巻き、暗い夜空へと吸い込まれていく。残されたのは後悔と闇。

「あ……あ……」

私は空へと手を伸ばした。


「ああ！　早く窓を閉めて！」

「す、すみません！」

窓を開けた途端に吹き込んできた風で、談話室のテーブルに広げられていた色紙が飛んでしまった。

先輩に言われて私は急いで窓を閉めたが、小さく切られた色紙はほとんど飛ばされて床に散ってしまった。

「あああ……」

女性の入居者はオロオロと椅子から降りて、色紙の破片を集めようとする。

先輩は私に色紙を片付けるように言うと、入居者を部屋へと連れて帰った。

私はビニール袋を片手に紙片を集め始めた。

入居者の中ではまだ若い方だというのに、彼女は一日中、一センチ四方に切った色紙をテーブルに並べ続けている。

この辺りの地主のお嬢さんだったが、高校生の頃に都会から来た学生の子を身ごもり、後に捨てられて心を病んでしまったらしい。ずっと実家が面倒を見ていたが、代替わりを機にここへ預けられたのだという。あくまで噂だけど、と教えてくれた先輩はつけ加えた。

そんなことで簡単に壊れてしまえるのが私には少し羨ましかった。

赤・青・黄色・橙・青・紫・黒。

私は色紙を拾い続けた。

彼女はこの紙に一体何を見ているのだろう。

リノリウムの床を、捕まえようとした紙片が滑って逃げる。

指先からツイと離れた赤い紙片は金魚すくいの金魚のようで、私はそっと捕まえてビニール袋に入れた。

ショコラに願いを

今、アサコはバレンタインデーを前にチョコレートの一日教室に参加している。

そもそもなぜこんなことになったのかといえば、早い話、本命チョコを渡したいと思うような男、好きな人ができたからだ。

それを友人のタマコはとても喜んでくれて、会員制のこの教室を紹介してくれたのだ。タマコは去年のバレンタインデーに告白をして幸せを手に入れていた。

「この教室で作ったチョコレートの効果は絶対なの。頑張って！」

だがお菓子作りどころか料理も満足にできないアサコは、同じテーブルの四人に迷惑をかけたらどうしようとビクビクしているところだ。端から見ればさぞ落ち着きがない人のように見えるだろう。

そんなアサコの緊張をよそに、先生はテーブルの上に並べられた材料を順番に説明していく。

スイートチョコレート、生クリームにいくつかのスパイス、リキュール。

「このリキュールはヨーロッパのある小さな修道院で作られたもので、何十種類ものハーブを秘密のレシピでブレンド、熟成させています」

小さなガラスの器の中には深緑色のとろりとした液体が入っている。嗅ぐと、草とハチミツを混ぜたような、いかにも健康によさそうな匂いがした。

これが告白成功率百パーセントの秘密なのかしら、とアサコは思った。

「このお教室は初めて？」

声をかけてきたのは、もう結婚して十年になるという主婦だった。

「私もここのチョコレートで主人と結婚できたの。それから毎年通っているのよ」

他の三人も、もう何回目かの参加だという。チョコレート作りは任せて、という彼女達の言葉にアサコはほっとした。

作るのはトリュフで、溶かしたチョコレートに生クリームとリキュールを混ぜて柔らかいクリーム状にしたガナッシュを丸め、チョコレートでコーティングしたあと、ココアパウダーや粉糖をまぶして仕上げる、セピアの宝石とも呼ばれるものだ。

説明された作り方に特別変わったところはない。レシピサイトや料理本に載っているのと同じだ。

まずは生クリームにスパイスを入れ、香りをつけながら温める。料理に詳しくないアサコにわかるのは、黒くて丸いのがブラックペッパーだということくらいだが、それらのスパイスのおかげで、チョコレートの甘い匂いにピリッと洗練された刺激的な香りが加わる。

それを刻んだチョコレートの上から注いで、チョコを溶かす。

クリームの白とチョコレートの茶褐色を丁寧に混ぜ合わせ、滑らかになったらリキュールを加える。

アサコはもう一度、リキュールの入っていた器の匂いを嗅いでみた。確かに不思議な香りだが、こんなので本当に勝率百パーセントのチョコレートになるのだろうか。

「ふふ。心配？」

最初にアサコに話しかけてきた人が言った。

「そ、そういうわけでは」

「もちろんリキュールのおかげでもあるけど、それだけじゃないの。ここから先はあなたにも頑張ってもらわないと」

「え？」

それまで使っていた道具がテキパキと片付けられたあとに、白地に黒い模様が描かれたクロスが敷かれ、その模様の真ん中にガナッシュの入ったボウルが置かれる。その周りには金属製の謎の小物や木の実、そして石が並べられた。アサコは何が行われているのかわからず、ぽかんとしていた。

続いて謎の言葉が書かれた紙と不思議な模様が彫られた古い木べらが配られる。

「はい。皆さん、準備はできましたか？　では、お配りした木べらをボウルに入れて、紙は見える位置に置いて立ち上がってください」

アサコはクロスの模様の全貌に驚いた。

「これって……」

魔法陣に見える、と言いかけたところで、シッと他の四人が唇に指を当てる。

「これが、ここのチョコレートのひ・み・つ」

各テーブルの五人が五芒星を模して立つ。

先生がテーブルの間を回りながら説明した。

「いいですか？　これが一番大事な工程になります。バレンタインデーに成功するか否かはここにかかっていると言ってもいいでしょう。重要なのは集中力！　いかに集中して呪文詠唱ができるかです。では、いきますよ。渡したい相手を思い浮かべて……その人に気持ちを伝えたいんだと想って……強く想って……集中して……そして紙に書いてある言葉を詠んでください」

アサコには何がなんだかわからなかった。もしかしてヤバい宗教なんじゃないかと思ったが、あれよあれよという間に両隣から手を繋がれ、魔法の呪文詠唱の輪の中に取り込まれてしまった。

こうなったらもうやるしかない。アサコもチョコを渡したい相手のことを必死で考えた。

「はい。ではいきますよ！」

先生はエプロン姿のまま、天井に向けて両手を挙げ、どこの国の言葉かわからない言葉を唱えた。皆があとに続き、アサコも他の人より少し小さな声で真似をした。

それから順番に木べらを持って、紙に書かれた言葉を読みながらガナッシュを混ぜた。

厳かに儀式は進み、いい具合に粗熱が取れたガナッシュを丸めて冷やす。

チョコレートでコーティングし、好みでココアパウダーや粉糖をかければできあがりだ。

「お店で売ってるチョコレートみたい」

周りの協力もあって、予想以上のでき栄えにアサコは嬉しくなって言った。配られた箱に入れてきれいにラッピングすれば、下手な市販のチョコレートよりも洒落て見える。

これはいけるんじゃないだろうか。

「あとは彼に渡すだけね」

「はい！」

しかし嬉しそうに返事をするアサコに、他の四人は小さな声で言った。

「本当に彼が好きなら、渡すのはやめて自分でお食べなさい」

「え？　どういうことですか？」

「いい？　このチョコレートの効果は一年だけなの」

「一年？」

きょとんとするアサコを見て、結婚していると話していた人は小さなため息をついた。

「これはもう呪いのようなものよ。もしこのチョコレートを食べさせ続けなかったら彼の気持ちが離れてしまうのではないかという不安にずっと取り憑かれることになるの。付き合って何年経っても、もちろん結婚してってもそう。もしかしたら一緒にいる間に、本当に彼は自分を愛してくれるようになったのかも知れない。ううん、本当はそうなんだと思うし、そう信じたい。でも信用できないの。お互いの間にあるもの全てが魔法で作られた幻のように感じてしまうのよ。それを確かめるにはチョコレートを食べさせることをやめればいいんだけど、もし、万が一、別れることになったらと思うと怖くてできないの」

「結局、会員になって毎年この教室に通うことになる。あなた今回は体験だから割引になっているけど、来年からは他の教室に比べてかなり割高な会費がかかるようになるわよ。この教室はそれで成り立っているの。ひどい話でしょう、でもやめられない」

アサコは呆然とした。

「だからね、本当に彼と幸せになりたいのなら、そのチョコレートを使うのはおやめなさい」

その言葉に他の三人も大きく頷いていた。

バレンタイン当日、例のチョコレートを持って出てきてはいたものの、アサコはまだ迷っていた。

彼みたいな人とずっと一緒にいられればとは思うが、その愛情を信じられないとしたら、それは幸せと言えるのだろうか。

「アサコ！」

ぼんやりしていたらタマコに背中を叩かれた。

「いよいよ今日ね。頑張って！」

そういえば、効果は一年だというのにタマコは今回、教室に参加していなかった。

アサコは心配になって聞いてみると、タマコはあっさりと答えた。

「知ってるわよ。一年しかもたないんでしょ」

「教室に行ってないみたいだけど大丈夫なの？」

「それがさ……」

タマコは顔を輝かせて、耳打ちをしてきた。

「実は他に気になる人ができちゃって」

「ええっ？」

「効果が切れて、向こうの方から別れを切りだしてくれればカドが立たなくていいでしょ。どっちにしろ、それでダメになるなら、それだけの関係だったってことよ」

呆れて口が開いたままのアサコに向かって、タマコはにっこり笑った。

絶対短冊

梅雨の晴れ間の休日、私は憧れの教会で、豪華なウエディングドレスのトレーンを引きながら、ライスシャワーを浴びている。

隣にいるのは素敵な旦那様。二つ年上の医者で、学生時代は読者モデルをやっていたほどの容姿。でも育ちがよく浮ついたところがない。最近、研究の成果を認められてアメリカの大学に招聘《しょうへい》されることになった。下見も兼ねて新婚旅行はアメリカ一周の旅だ。

「おめでとう！」

皆が笑顔で祝福してくれる。

「ではブーケトスをお願いします」

このブーケも有名フラワーデザイナーにオーダーしたものだ。

「じゃあ、いきますよー」

未婚の友人達が、こっちこっちとおどけてみせる。

私は青い空めがけてブーケを高く投げようとした。

だが、やはり左手ではうまく投げられず、伸ばされた友人達の手まで届かずにポトリと落ちてしまった。

私には右手の手首から先がない。


それは三年前、友人と飲んでいたときのことだ。

大体、仕事忙しい、彼氏なし、酔っ払い、と三拍子揃った女同士の会話なんてロクなものではない。あまり褒められたものではないが、会社の愚痴に、知り合いの陰口。

「先輩さ、結局あの新人と結婚しちゃったよね。見る目なさすぎてがっかり」

友人は生搾りレモンチューハイのジョッキを片手に言った。

彼女が密かに憧れていた先輩は、数カ月前にカシスオレンジが似合うふんわりとした若くてかわいい子と結婚していた。自分の武器をよく知っていて甘え上手。常識はずれとまでは言わないが、とても真似できないなと思うような言動も多かった。最終的に勝つために何が必要かをよくわかっている子で、私達のように生きるのが不器用な者からすれば、その器用さが妬ましかった。

「ま、男ってのは若くてかわいい子が好きだよね」

「気持ちはわかるけどさ」

「若い女の機嫌を取るために、私達と比べんなって思うよね」

「そう！　それ！」

その頃の私には友人のように具体的な対象はいなかったけれど、漠然と幸せになりたいなとは思っていた。こうして気の置けない仲間と過ごすのも楽しいが、それだっていつまで続くかはわからない。もっと安心して寄りかかれる何かを欲していた。

というのが、確かゴールデンウィーク明けの話。旅行のお土産を交換した覚えがあるので、ほぼ間違いない。

それから三カ月後。友人は大きなプロジェクトのメンバーに抜擢され、そこで取引先の超一流企業の社員と知り合い、あっという間に結婚してしまった。年が明けたらシンガポールに行くという。

「おめでとう！」

いつもの居酒屋ではなく、二人ともお気に入りのイタリアンでワインを飲んでお祝いをした。

「ありがとう」

「それにしても海外なんて。こうして簡単に飲みに行くこともできなくなるから、ちょっと寂しいな」

「せっかくだから遊びにきてよ」

「うん。行く行く」

寂しさには友人が遠いところへ行ってしまうというだけでなく、もっと不純な感情が混じっていることは自分でもわかっていた。

「それより、ミーはどうするの？」

「ミー？……ああ、ミーね。うん」

ミーは友人がかわいがっていた飼い猫で、私にも懐いてくれていた。

「よかったら私、預かろうか？」

「あ、大丈夫。他の人に頼んだから」

「そう？」

「うん」

それから友人はしばらく無口になったかと思うと、唐突に切りだした。

「あのさ……」

「ん？」

「七夕の短冊、あるじゃん」

「うん」

「あれ、願いごと書いた方がいいよ」

友人があんまり真面目な顔で言うので、私はちょっと吹きだした。

「え？　何、急に」

「だって、ほら。信じる者は救われるって言うじゃない」

私はワイングラスの縁を指でなぞりながら聞いた。

「もしかして、今年の七夕にマジで短冊書いたの？」

「幸せになりたいってね」

今度は本格的に吹きだしてしまった。

「え、やだ。本当？」

「ほんと」

友人は怖いくらいに真面目な顔で言った。

「私達がよく行く飲み屋街あるでしょ。あそこを抜けたところに小さな祠《ほこら》があってね、七夕の前日に笹が立ってるから」

「そこに短冊をつけろって？」

「そう」

そのときは、そうねぇくらいの気持ちで聞いていた。友人は少し信心深いところがある。占いとかパワースポットとかを気にする方だが、私はそれほどでもなかった。

でも、悪縁も含めて縁というか、全ての出来事が自分をある特定の場所に押し流すために起きているんじゃないかと思うことはある。そのときは全く気付かなかったけれど、今にして思えば、あの頃に起きた出来事全てが、七夕の日にあの場所へと私を導くためのものだったのではなかろうか。

とにかく、年明けに友人がシンガポールへと旅立ってからというもの、私は散々だった。

どういうわけだか仕事はトラブル続き。恋愛ではおかしな男に絡まれるし、親はプライベートにうるさく口を出すし、何より、良くも悪くも心置きなく自分のダークサイドを晒《さら》せる友人がいなくなったのが痛かった。愚痴を吐きだす場所もなく、鬱々、苛々した日々を送っていたところに事件は起きた。

結婚前に友人が憧れていた先輩の奥さん、結婚してからもかわいいままの彼女が発端だ。タイミングが悪かったといえばそれまでだが、彼女は妊娠初期の悪阻《つわり》で苦しい時期、こっちは人手も時間も足りず仕事が最も混乱しているときだった。

私がミスを指摘したら彼女が反発した。些細なトラブルはあっという間に拡大し、未婚対既婚のような様相を呈してきて、最終的には私が上司に注意されることになった。

「何さ」

友人がいないので、私は一人カウンターで一杯引っかけながら、心の中だけで呟《つぶや》いた。

「偉いのはあんたじゃなくて、あんたの旦那じゃない。なのに何よ、あの態度」

それまでに積もりに積もっていた苛立ちもあり、私は腹の虫がおさまらなかった。端から見ればみっともない姿なのはわかっていた。でも、いつもいい子ではいられない。

「これ、どうぞ」

余程、機嫌が悪そうに見えたのだろうか。バーテンは恐る恐る一枚の短冊を差しだしてきた。それは白い奉書紙で、今どき珍しく糸の代わりに白いこよりがついている。

「ああ、そういえば七夕だっけ」

「店を出て左に行った先に笹を出してありますから、願いごとを書いて結ぶといいですよ」

用意がいいことに、硯《すずり》と筆まで用意されていた。

私はそれを借りると、下手くそな字で書いた。

誰よりも幸せになれますように

この「誰」というのは具体的には、友人とあの生意気な女のことだ。

別に何をどうしたいというはっきりした目的があるわけじゃない。ただ、彼女らの自信満々な様子を見て、私もそうなりたいと思っただけだ。欲を言えば、ほんの少しでいいから彼女達より上に行きたい。

軽い気持ちだった。

私は酔い覚ましも兼ねて店を出ると左に曲がり、笹を探した。

「お。あったあった」

どうやらこんな時間だというのに一番乗りらしい。まだ短冊が一つもついていない笹に、私は自分の短冊を結びつけた。

「それがあなたのお願いですか？」

急に声をかけられ、ビクッとして振り向くと、そこには巫女《みこ》さんのような装束の女性が立っていた。この祠を管理している人だろうか。湧きでる清水のような涼しげな笑顔がきれいな人だ。

「その願いを叶えてほしいのですか？」

「ええ。まあ」

「承りました。ではこちらへ」

蛇に睨まれた蛙、という喩えはかなり相手に失礼だと思うのだが、事実私は彼女と目が合った途端、催眠術にかかったかのように、意識はあるのに彼女の言うことに逆らえなくなってしまった。促されるまま夜の街を歩き、気がつけばどこか見知らぬ部屋の中にいた。蠟燭《ろうそく》の明かりだけでは暗すぎて周りがよく見えないが、どうも四方を白い壁に囲まれているらしい。

他にも私をここに連れてきた女性と同じ装束を着た人が数人、それと中年の男性と高校生くらいの女の子が静かに立っていた。

何がなんだかよくわからないまま、私とその中年男性と女子高生は、装束の女性達の指示に従って、彼女らが言うところの「星祭の儀」を執り行った。

それからは別室に一人ずつ呼ばれることになり、最初は中年男性が呼ばれた。

女子高生はカゴを抱えたまま、じっとしている。中で何かがゴソゴソしている音が聞こえた。

「それ、何？」

女子高生は黙って中が見える窓の部分をこちらに向けてくれた。中に入っていたのは焦げ茶色のトイプードルだ。

「へえ、かわいい。あなたの犬？」

女子高生は頷いた。

せっかく声をかけたし、もう少し話したかったのだが、というよりこの状況について何か彼女からヒントを得られればと思ったのだが、会話を始める前に彼女が呼ばれてしまった。

私は焚かれた香の匂いのせいか頭がぼんやりとしてきて、言われたまままだ座っていた。冷静に考えれば、得体の知れない儀式からして、本来なら決して近寄ってはならなかったのだ。

他の二人がいつ帰ったのか、どうなったのかわからないまま、ついに私も呼ばれて小さな部屋に連れていかれた。

蠟燭の明かりが作る陰影は、炎が揺れる度に形を変え、それだけでここが現《うつつ》と切り離された場所だと思い知るには十分だった。

「あなたの願いはこれですか？」

装束の女は私が書いた短冊を見せた。

「はい」

確かに私の短冊なので、そう答えた。

「では生贄《いけにえ》を出してください」

「は?」

私は自分の耳を疑った。ぼうっとはしていたけれど、完全に判断力を奪われていたわけではない。生贄なんて言葉は映画かゲームか、ともかく現実世界で聞くべき言葉ではないはずだ。

「願いを叶えるには生贄が必要です」

「生贄って、冗談でしょう?」

口の端が勝手に上がり、自分が変な笑顔になっているのがわかった。混乱した人が見せる、あの何かを必死でごまかそうとするときの間抜けな笑顔だ。

そのとき、どこかから空気を引き裂くような犬の鳴き声が聞こえた。だがそれは一瞬のことで、あとは嘘のような静寂さで、それがかえって恐ろしかった。

足元からヒタヒタと恐怖が満ちてくる。

私はミーのことを思いだした。もしかしたら、友人はここにミーを連れてきたのではないだろうか。何のために？　星に願いを叶えてもらうために。

頭の中で、さっきの犬の鳴き声がミーの鳴き声になって響いた。

私は逃げだそうとしたが、足がもつれてその場で捕まり、押さえつけられた。

「生贄がないのならあなた自身から供物をいただきます」

「や、やめて！」

怖くて女が何を持っているのか見ることはできなかったけれど、しようとしていることはわかった。舌を噛まないよう猿轡《さるぐつわ》を咬《か》まされ、右手の上をぎっちりと縛られ、動けないよう三人がかりで押さえつけられた。

女の唇が何か唱えているのが見えたが、記憶はそこまでだ。

猿轡の下からわずかに漏れた悲鳴は、大きく揺らぐ影の中に吸い込まれ、私は意識を失った。

それからどうなったかは覚えていない。

あの出来事が夢か現実かもわからない。

ただ、右手を失い倒れていた私が運ばれた先の病院にいたのが、今の夫だ。
後悔はしていない。

これからの私

縁切包丁

こんにちは、と私は店の硝子戸を開けた。

江戸時代から続く老舗の刃物店。狭い店内にはいろいろな種類の包丁や鋏《はさみ》、毛抜き、爪切りなど、あらゆる刃物が所狭しと並べられている。

「いらっしゃいませ」

帳場から声をかけてきたのは、穏やかそうな中年の女性だ。

「何かお探しですか？」

「あの、包丁を」

「包丁。何に使う包丁でしょう」

「何に使うって、その、普段の料理に使うのが欲しいんですけど」

私は店内をキョロキョロと見回した。大きいものから小さいものまで、包丁の種類が多すぎて、それぞれどう使うのか全くわからない。

「そうですねぇ」

女性は微笑みながら並んでいる包丁を指差し、説明をしてくれた。

「柳葉や牛刀、菜切は必要ならあとから買い足してもいいでしょう。お魚を自分で捌《さば》かれるようでしたら、出刃や小出刃はあった方が……」

私はふるふると首を横に振った。

「でしたら万能包丁ですね」

女性は何本か取りだして見せてくれた。

「ステンレス製が使いやすいかと思います」

「はぁ」

「それにしても、あなたのような若い方が、うちのような刃物店に包丁を探しに来てくれるのは久しぶりです」

「同棲している彼に、料理上手になりたいならいい道具を買えと言われたんです」

「まぁ」

女性の柔和な雰囲気につられてつい喋りすぎてしまったと恥ずかしくなり、逸らした視線の先に一本の包丁があった。形は万能包丁と変わらない。

「あの包丁は？」

「あれですか？」

女性はその包丁も出してくれた。

「これは縁切《えんきり》包丁です」

「縁切包丁？」

物騒な名前にごくりと唾を飲んだ私に、女性はクスッと笑って見せた。

「縁を切るってそんな怖いことばかりじゃないですよ。例えば病気なんかとの縁を切ることもできるんですよ」

「病気と？」

「ええ。悪縁なら切った方がいいでしょう？　ただしこれで切れるのは自分の縁だけです。使い方は、縁を切りたいもののことを考えながら、野菜でも魚でも何かを切ればいいのです」

予算をかなりオーバーするが、私はその包丁を買うことにした。

「鋼なのでお手入れ次第で何年も使えます。研ぎをご自分でされるのが難しいようなら、うちでもできますから。大事にしてくださいね」

私は帰宅後、早速その包丁を使ってみることにした。

それまで使っていた安物よりも少し重いが、柄が握りやすく、ストンストンと気持ちよく切れる。

「それにしても本当に縁が切れるのかしら？」

私はここ数日風邪気味で、鼻がグズグズしている。

頭の中で、風邪と縁が切れますようにと念じながら、きゅうりの端っこをスパンと落としてみた。すると、スーッと鼻が通って、それまでの不快な症状が消えていった。

どうやらこの包丁の効力は本物らしい。

だが私はこの力のことを内緒にして、新しい包丁を買ったことだけ彼に伝えた。

「へえ、いいのがあってよかったじゃないか」

彼は私の作った料理を食べながら言った。

「いい道具を使えば、きっと俺の母さんみたいな料理上手になれるよ」

それから私は体調が悪くなる度に包丁の力を使い、肩こりや花粉症ともスッパリ縁を切った。

私のように仕事と家事を両立しなければならない人間にとっては、とても便利なアイテムだ。

一度、彼とキャバクラの縁を切ろうとしたが、それはダメだった。やっぱり自分との縁しか切れないらしい。それでも買って正解だと思った。

「体調不良との縁切は症状が消えておしまいだけど、人との縁を切ったらどうなるのかしら。まさか死んだりしないわよね」

試しに職場のうるさいおばさんとの縁を切ってみることにした。あらかじめ大事な用事があると伝えておいた日に限って休みを取らせないようにする意地悪なおばさんだ。そのせいで何度彼の機嫌を損ねたかわからない。

「あのおばさんと縁が切れますように！」

ものすごくドキドキしたが、思い切って、心で念じながら玉ねぎを切る。

数日後、おばさんは急に転勤になった。

ホッとした私はそれからというもの、いろいろな人と縁を切っていった。

嫌味な顧客、セクハラ上司、調子に乗って切って切って、切りまくった。

そのせいだろうか、包丁の切れ味が悪くなってきたのだ。

食材を切るときだけでなく、縁も切れなくなってきた。

風邪と縁を切ったときも、以前のようにすっきりと症状が治まらなくなったのだ。

それに、職場で「うつさないでよ」と言ってきたキツい先輩との縁も切ろうとしたが、転勤ではなく隣の課への異動に止まり、しかもあろうことか、配置のせいで前より席が近くなってしまった。

「どうしたのかしら？」

よく見れば刃がガタガタしているようだ。結構使っているし、もしかするとこの前、硬いかぼちゃを無理に切ったのが悪かったのかも知れない。

「おーい、飯まだぁ？」

テレビを見ながら彼が催促してきた。

「ちょっと、待ってて」

ゴホゴホと咳《せ》き込みながら、夕食の支度に取りかかる。

私は冷蔵庫に貼ってあるカレンダーを見た。明後日なら彼が飲み会だから仕事帰りに刃物屋に寄れそうだ。

それだけ確認すると、私は夕飯の支度を急いだ。


「これは研ぎが必要ですね」

例の刃物屋の女性は、持っていった縁切包丁を見た途端に言った。

「はぁ、そうですか。扱いが悪いのかしら」

「大事に使っていらっしゃいますよ。最初に説明させていただいた通り、鋼の包丁には研ぎが必要なのです。これからは定期的に研ぎに出されるといいですよ。ところで研ぐには包丁を数日お預かりさせていただきますが」

「はい。大丈夫です」

少しくらいなら、でき合いのお弁当やお惣菜に対する彼の文句も我慢できるだろう。

「お願いします」

私は包丁を研ぎに出した。

思ったより早く、包丁はピカピカになって戻ってきた。ガタガタだった刃も水に濡れたように光っている。

「すごい！」

私は息を飲んだ。

「研ぎたての刃物は怪我をしやすいので気をつけて使ってくださいね。切れ味がよくなっているのに、研ぐ前のくせで力が入りがちになるので、手が滑ることがあるんです」

「そうなんですか。気をつけます」

確かにこの切れ味なら、注意していないと指の一本くらい簡単に切り落としてしまいそうだ。

家に戻ると、彼はもう帰ってきていた。

「飯、まだ？」

「ごめん、ごめん。包丁を取りに行ってたの」

「じゃあ、その包丁で飯早く。腹減ったよ」

「すぐ用意するから。待ってて」

私は会社帰りの格好のままエプロンを着けて、食事の支度に取りかかった。

必要な食材を冷蔵庫から出して洗うものは洗い、手際よく切っていく。

研ぎたての包丁は鼻歌でも歌いたくなるくらい調子よく切れた。

「おーい、まだぁ？」

「もうちょっと待って……」

返事をした拍子にリズムよく切っていた手が滑った。

刃先が指を掠った感触があり、痛みはほとんど感じなかったが、細く薄い線がじわりと浮き出たかと思うと、手を濡らす水に混じってあっという間に赤く広がっていった。

「ああっ」

私は慌てて、彼のいるリビングに行って傷をティッシュで押さえると、絆創膏を探した。

「どうしたの？」

「手を切ったの」

「へぇ」

彼はそのままテレビを見ている。

そのときだ。見つけた絆創膏を貼り終えた私の中から、ストンと何かが抜け落ちていった。

食事の支度に戻らず立ち尽くしている私を不審に思った彼が、ようやくテレビから目を離して、こっちを見る。

「どうしたの？　飯は？」

「ごめん、あなたとはもう別れるわ」


唖然とする彼を置き去りにして部屋を出てからは、あっという間だった。

文句を言いながらぐずぐず続けていた仕事を辞め、うわべだけの友人達の連絡先を消去し、ただ貯めていただけだった定期預金を解約すると、先延ばしにしていた語学留学の手続きをした。

すっきりさっぱり今までの自分と手を切った私は、心機一転、誰も知る人のない国へと、今日旅立つ。

夏の石

寒いのは嫌いだ。

コートの襟を立て、マフラーで顔の半分まで覆ってみても、細い繊維の隙間から抜け目なく入り込む冷たい風が耳や指先を凍えさせる。

体の内側まで冷え切っているのは、雪が舞い始めた空よりもどんより曇った私の気分のせいかも知れないが。

「お姉さん。夏石《なついし》、買っていかない？」

夕方の歩道橋、声をかけてきたのは、行き交う人の影に隠れた露天商で、小さな台の上に石を並べ、よれたスケッチブックに「夏石・百円」と書いてある。

その後ろには長髪、髭面、女から見れば腹が立つほど細身の若い男が、ニコニコ笑いながら座っている。

「そんなの買わないわよ」

不機嫌の八つ当たりも兼ねて、私は店の前に仁王立ちになって言った。

「お姉さんは冬が好きなの？」

「嫌いよ。寒いの苦手だし」

「だったら、どう？　夏石」

「夏はもっと嫌いなの」

男は私の言葉を無視して話を続けた。

「これは夏が染み込んだ石だよ。ほら、有名な句があるだろう。閑《しず》けさや岩に……えー」

「染み入る蟬の声。松尾芭蕉」

「そう、それ。どういうわけだか他の季節は染み込まないけど、夏だけ染み込む岩や石があるんだよ。熱くなるからかな。これはね、その俳句の気分が味わえる、山寺の敷石から採ったもの。買わない？」

「いりません」

「そう言わないで。この季節、暖房代の節約にもなるよ」

うっかりその一言につられてしまったのは、部屋の暖房の調子が悪いことを思いだしてしまったせいだ。

通常価格一個百円のところ、今回は特別に五個詰め合わせで三百円、石を割るためのミニハンマーもサービスだ。

「寒っ」

それなりに重い石を抱えて一人暮らしのアパートのドアを開け、電灯のスイッチを入れると、冷え切った部屋が狭い廊下の先にぽかっと浮かび上がる。

ハイヒールを脱ぎ捨てて部屋に入ると、暖房のスイッチを入れたが、やはり調子が悪い。変な音ばかりしてなかなか暖まらない。

私は石を見た。

「本当かしら」

厚紙を折ってホチキスで留めただけの箱に並べて入れられた石は、冷え切っている。

「割ればいいのよね」

ものは試し、と私はミニハンマーで石を叩いてみた。寺の敷石だったというそれは思ったより簡単に割れた。

途端に熱い空気が吹きだし、部屋の温度が急上昇する。暖かいというより暑いくらいだが、空気に緑の匂いが混じって、どこかしら爽やかさも感じさせる。

それはいいのだが、問題もあった。石の断面から蟬の声がワンワンと溢れだしたのだ。まるで真夏の林の中にいるようだ。

耳を塞ぎたくなるような大音量で、私は周りの部屋の住人にも聞こえているのではないかと焦った。隣近所から苦情が来たら困ったことになる。

「どうしよう、どうしよう」

今にも隣の人がうるさいと怒鳴り込んできそうで、とにかくバスタオルで石をぐるぐる巻きにすると冷蔵庫に突っ込んだ。蟬の声はそれほど聞こえなくなってホッとしたが、一度夏になった部屋はそれからしばらく暖かいままだった。

翌日は散々だった。

眠っている間に石の効力が切れたのか、蟬の声がしなくなったのはよかったが、石を入れていたせいで冷蔵庫の中の温度が上がり、中の物がダメになってしまった。大したものが入っていなかったのは不幸中の幸いだが、買い置きのプリンをゴミ箱に捨てながら、ひどく寂しい気持ちになった。

挙句、暖房が本格的にダメになった。仕事から帰ってスイッチを入れても全く動いてくれない。部屋の中でコートを着たままいろいろいじってみたが、どうにもダメだ。電気店に電話をしたら、修理に来られるのは数日後だという。

一つ救いなのは、同じアパートに住む大家さんにそれとなく聞いたところ、昨夜、特にうるさい音は聞こえなかったそうだ。どうやら蟬しぐれは私の部屋の中だけのことだったらしい。

私はまた箱から石を一つ取りだした。

「背に腹は替えられない、か」

今度の石はすべすべして丸みを帯びた石で、敷石よりもずっと硬そうだった。せーのでハンマーを振り下ろすと、コンッと金属みたいな音を立てて、端の四分の一くらいが小さな破片とともに欠けた。

その欠片から潮気を含んだ熱気が立ち上る。じりじりと肌が焼けるようだ。

この石は海辺の石だったらしい。蟬の声どころか、断面から海水が勢いよく流れだした。まるで蛇口が壊れたときのようだ。

「わぁ！　何これっ！」

私は慌ててベッドの上に避難した。

ローテーブルの上に置きっ放しにしていた石が沈む深さになると水は止まったが、部屋中水浸しなうえ、ご丁寧に波まで起きている。

部屋は真夏のビーチになっていた。

「海の石か」

私は嫌なことを思いだしてベッドの上で枕を抱えた。

海開きには少し早い頃、友人に誘われたバーベキューで彼に会った。背が高くかっこよくて、エリートなのに気さくで、それでいて二人で話すときには少し恥ずかしそうにするところに好感が持てた。誠実な人のように感じられたからだ。結局は大いなる勘違いだったわけだが。

寄せては返す波の音は、あのときに囁かれた甘い言葉と同じように耳に心地いい。

暖房が直ったらこんな石すぐに捨ててやると思いながら、音が聞こえないように枕でぎゅっと耳を塞いだが、呼び起こされた波音の記憶までは消すことができなかった。

翌朝、部屋の中の海はきれいさっぱり消えていて、家具も床も濡れていなかった。石もまだほんのり温かさを残してはいたものの、すっかり乾いて、ただの欠片になっていた。

最低な気分だった。思いだしたくないことを思いだした身に、いつも以上に寒さが沁みた。

吐きだした息の白さが、ひどく切なかった。

仕事から帰ると、部屋はいつも以上に冷えていた。どうやら明日は雪が降るらしい。大人になると、雪は嬉しいものではなく、電車を遅延させるだけの煩わしいものになっている。私は明日の靴のことを心配しながら石を手に取った。

「どこの石かちゃんと書いておいてくれればいいのに」

昨夜と同じように滑らかな丸い石なので、水辺の石だということはわかる。コツンと一度軽くハンマーを当てたあと、勢いよく振り下ろすと、石は真ん中で二つに割れた。

ドーンという大きな音とともに眩しい光が部屋を照らす。私は思わず悲鳴を上げた。最初は雷かと思ったのだが、赤や緑や青の色が見えて、この石が花火大会の会場になっている河原にあった石だとわかった。

少し湿った空気が肌を包む。

夏の終わりの花火大会で、私は知りたくなかったことを知ってしまった。

その日は本当にいろいろな偶然が重なっていた。もしかしたら何か見えない力が私に本当のことを教えたがっていたのかも知れない。

予定していた仕事が中止になって、諦めていた高校時代の友人達との花火見物に行けることになった。

家からも職場からも少し離れた場所、そして二駅分の長さがある広い会場のあれだけの人出の中で、どういうわけだか出会ってしまった。

彼は浴衣姿の女性を連れていた。私より若くてきれいな人で、明るい笑顔に華やかな花柄の浴衣がよく似合っていた。

呆然とするスーツ姿の私に彼は平然と、結婚を考えている彼女だと浴衣の女性を紹介してきた。そして私のことは、仕事でお世話になってる人だと嘘をつくと、じゃあと言ってさっさと行ってしまった。そのあとのことはよく覚えていない。

ただ空を染める花火の色と火薬の匂いだけが、妙に記憶に残っている。

私から連絡しないのは、つまらないプライドのせいだ。それでいて彼の方から連絡がないことに私は傷ついていた。

思っていた以上に彼に本気だったらしい。その自分の愚かさが嫌でたまらなかった。

花火は部屋の中で打ち上がり続けたが、やがて火薬の匂いだけを余韻に静かになった。

「……だから夏は嫌いなのよ」

花火が終わって気がついた鈴虫の声を聞きながら、私は独り呟いた。

翌日、電気店から明日には修理に行けるという連絡があった。

残った石は二つ。仕事を休んで昼に修理に来てもらえば、残り一つは使わなくて済むと私は少しホッとしていた。

二つの石は同じように角ばり、色も似通っていた。違うところといえば、片方には細かい土がついていることくらいだ。少し迷ってからその石を割ることにした。

ぱかっと石が割れると、暑くなるのと同時に部屋が埃っぽくなって私は思わず咳き込んだ。この匂いには覚えがあった。土と石灰の交じった匂い。

学校のグラウンドの石だった。運動の邪魔にならないよう集められ、隅っこに捨てられた石。

目を閉じると、ランニングの号令やボールを打つ音、楽器の音に交じって、笑い声がする。夏休み中の部活の時間なのかも知れない。なんだか懐かしかった。

テニス部だった私は朝から晩まで部活に明け暮れて、真っ黒に日焼けしていたっけ。部活が終わったら塾に行って、今にして思えばよくそんな体力があったものだ。とにかく目の前のことに一生懸命で、全力疾走していた。レギュラーになれなかったり、思うような成績が残せないときもあったけど、迷わず頑張れたし、それが自分の長所だと信じていた。

なんだか今の自分とは別人のようだ。あのときの自分に戻りたいとは思わないが、同じ強さが欲しいと私は思った。

翌朝、会社を休んで電気店の人を待っていた私は、その間にずっとそのままにしていた彼の連絡先を消した。

エアコンの修理は思ったより早く終わって、滅多に味わえない平日の午後を持て余した私は、ふと思い立って、残り一つになった石を割ってみることにした。

本当はまた暖房が壊れたときのために残しておくのがいいのだろうが、どんな夏がこの石に染み込んでいるのか、どうしても知りたくなったのだ。

こんな好奇心は久しぶりのことだった。

コンッと小気味のいい音を立てて割れると、その断面からむせ返るような草いきれとともに暑さが広がった。

原っぱの石だった。

昔、虫かごと虫捕り網を手に、祖父に連れていってもらった原っぱを思いだした。スイスイと飛び回るトンボを捕まえたかったが、幼い私には難しい。代わりに祖父が捕って、私の手に持たせてくれた。

薄い紙のようなトンボの羽の手触り、手から解放されて飛び去る前の一瞬、フッと宙に浮き上がる姿の美しさを私は思いだした。トンボだけでなく蝶や蟬、バッタも捕まえた。祖母や母は、女の子なのに虫なんて、といい顔をしなかったが、私は虫が大好きだったのだ。どうして忘れていたのだろう。

気がつけば、職場にカナブン一匹入ってきただけできゃーきゃー騒ぐような女になっていた。何となくそうしなければいけないような気がしていた。

祖父は物静かな人だったが、祖母や母が虫捕りを責めたときには必ず私をかばってくれた。

「いいじゃないか、好きなんだから」

中学に入ってからは部活が忙しく、祖父母の家にもあまり行かなくなり、祖父が亡くなってからは、仕事を理由に行かないままになっている。

どうして夏の記憶というのはこんなにも鮮やかなのだろう。色も音も匂いも、他の季節に比べてずっと強烈だ。

「だから夏は嫌いなのよ」

申し訳なくて涙が出そうになり、私はベッドの上で顔を覆った。

あれから夏石売りのお兄さんの姿を見ることはなかった。

警察に追いだされたというのが本当のところだろうが、私には別の理由がある気がした。

視界の開けた歩道橋の上から、ライトアップされた並木道を眺めた。

気が早いけれど、今年の夏はちゃんと祖父のお墓参りに行こうと決めている。歩き始めた私のバッグの中には、久しぶりに買った昆虫図鑑が入っていた。

ウオノメ

少女の足にウオノメができた。

理由はわからない。小さくて硬いデキモノが日を追うごとに大きくなり、ある日、本物の「魚《うお》の目」になった。

白い貝殻のような右足の小指の横にできた瞼《まぶた》のない目は、始終キョロキョロと動く。

岩場に座り、足を海中に入れて目を閉じると、少女の視覚は魚の目と同化し、海中をまるでカメラを通して見るように、あるいはそれ以上に明瞭に、そして十四歳のまだ幼さの残る足先が一匹の小さな魚となって泳ぎ回っているかのように、少女が泳いで行ける場所なら自在に見ることができた。

この奇態なデキモノを学校では級友に揶揄《やゆ》され、家では親に気味悪がられ、面倒になった少女は日がな一日海に足を浸して、海中の様子を見ているようになった。

「飽きないかい?」

「飽きない」

顔見知りの漁師からの問いかけに、少女はその肩まで伸びた髪が風に揺れたときのようにサラリと答えた。

事実、少女は魚の目との海中散歩を退屈だと思ったことは一度もなかった。海は常に変化しているからだ。生き物も水も光も、ほんのひとときでさえ同じ姿を留めてはいない。

飽きようがなかった。

あるとき、漁師の一人が家の鍵を海中に落とした。

「もし見つけたら教えてくれ」

「わかった」

漁師は元より鍵が見つかるとは思っていなかった。鍵は小さく海は広い。戯《たわむ》れのつもりでよろしくな、と言ったその足で、新しい鍵を作りに行った。

少女も最初は本気で探すつもりなどなかった。いつものように岩場に座って足を浸したときに、ふと漁師の言葉を思いだした。今日は晴れているから、海中の見通しもいいだろう。もしかしたら見つけられるかも知れない。それは単なる遊びの一環だった。

いつものように目を閉じると、広がる空と海の代わりに、水中に届く光の中でゆらゆら揺れる海藻、その間に見え隠れする魚達の姿が見えてくる。意識は少女の体を抜け、小さな魚となって泳ぎだす。

やがて少女は、漁港の防波堤から出た少し先にある岩場の上に、銀色の鍵が落ちているのを見つけた。

海育ちの少女は、ワンピースを着たまま海へ飛び込むとやすやすと鍵を拾い、翌日漁師に渡した。

「これは驚いた！」

周りを囲んでいた漁師達もみんな驚いていた。

「広い海の中から、この小さい鍵を探してくるとは。いや、大したもんだ！」

漁師達があまりに褒めるので、少女はなんだか面映《おもは》ゆくて、両手を後ろに組んだままモジモジとしていた。

「ありがとう、ありがとう」

漁師は礼だと言って、少女に年齢相応の小遣いを渡した。

この経験があって、少女は海の探し物屋さんをすることにした。

「さがしもの」と手書きした白い布に竹竿を通した旗を、海岸沿いの国道から見える場所に立てた。

お客のほとんどは釣り人か地元の漁師なので、落し物は釣り道具が一番多いが、ポケットから落ちた物というのも多い。

「お守りを探してくれないか？」

「落としたのはどの辺り？」

「あの岩の辺りだよ。緑色のお守りだ」

若い漁師は、岸から少し離れた場所に頭を出している黒い岩を指した。

「見つかりそうかい？」

少女は黙っていつものように足を海に浸した。目を閉じると、魚の目と同化した視界がスイスイと海の中を進み、岩の辺りでキョロキョロと動く。

岩肌には貝が張りつき、揺れる海藻の間を大小の魚が行き来している。上から差し込む陽の光がそれらを照らすが、海水を通しているせいか、ずっと優しくて柔らかい。波に合わせてゆらゆらと揺らぐ様は、どこか昼寝の時に見る夢のように輪郭が曖昧で、少女はそれがとても好きだった。

（緑、緑……）

海藻や岩肌を覆う藻の緑色の濃淡の中に、一点だけ海のものではない緑色を見つけた。

少女は小さな人魚のように海へ飛び込むと、あっという間にそこまで泳いで、お守り袋を手に戻ってきた。

「これ？」

濡れてよれているお守り袋を、少女は日焼けした漁師の手のひらに置いた。

「ああ、ありがとう！　これだよ、これ！」

「中、ふやけちゃってるみたい」

「いいよ、いいよ。これさ、嫁が漁の無事を祈って作ってくれたんだ」

「ふうん。今度は緑じゃなくてもっと目立つ色にしてもらった方がいいかも」

「あはは、そうだな。本当にありがとう」

漁師は代金を払うと嬉しそうに手を振って、お守りを作ってくれたという嫁の待つ家へと帰っていった。

ときどき、近くのリゾート地に滞在しているカップルからアクセサリーを探してほしいと言われることもある。海遊びの最中に落としてしまったピアスやネックレスは、海中でもキラキラ光っているから漁師の落し物よりずっと探しやすいし、見つけるとお客さんはとても喜んでくれて、余計に代金を払ってくれる人もいるので、少女にとってはありがたい客だった。

「指輪を探してほしいんです」

指輪の依頼も珍しくない。大概はカップルでやってきて、女の方は泣いているか、泣きそうな顔をしている。

ところが、この女は車に乗って一人でやってきた。

ナンバープレートの地名といい、その垢抜けた服装といい、この近くの人でないことは確かだ。

「指輪、ですか」

「ええ。細い金の指輪なんですけど……見つからなければ別に……」

人にものを頼むのにはっきりしない言い方だなと少女は少し不機嫌になった。

足場が悪くて歩きにくそうによろよろとついてくる女を気にすることなく、少女は踊るような軽やかさでいつもの場所まで行くと、ビーチサンダルを脱ぎ捨てて素足を海に浸し、静かに目を閉じた。

魚の目は眠りから覚めたばかりのようにキョトキョトとしていたが、やがて小さな金の指輪を探して海中を動きだす。

ああきれいだ、と少女は思った。

海は恐ろしくなることはあっても決して醜くなることはない。何かで汚れることはあっても、その本質は美しいままで誰にもどうにもできないものだ。

指輪はその姿を隠すように岩の狭い隙間に挟まっていたが、すぐに見つかった。

海の上から差し込む光を弾いて輝く様子は、美しいのに周囲の景色と馴染んでおらず、違和感があったからだ。それは女がこの場所に持ち込んだ感情に似ていた。

とにかく指輪は見つかったので、少女は海に潜るとさっさと指輪を拾ってきた。

「はい」

岩場を覗き込むようにして待っていた女に、少女は海面から手を伸ばして指輪を渡した。

女は服や靴を濡らさないように気にしながら指輪を受け取ると、水から上がる少女の飛沫がかからぬ場所へと少し離れた。

「……この指輪……」

「違いました？」

「いいえ。これだわ」

痴話喧嘩の勢いで指輪を投げ捨ててしまったという女の依頼は、以前にも受けたことがあった。

涙を堪えながら指輪を握りしめる女の姿は、声をかけてほしいのか、それともそっとしておいてほしいのか判断がつかない。少女は自分の荷物からタオルを出すと、濡れた髪を拭きながらとりあえず声をかけた。

「指輪は見つかったんだし、仲直りしたらどうですか？」

その言葉で、女は我に返ったように小さく唇を動かした。

「違うの。私ったら、何を……」

そして拾ってきたばかりの金の指輪を、また海へと投げた。

「ちょっ……！」

止めようとしたとき、女の左手の薬指に白金の指輪があることに気がついて、少女は言葉を飲み込んだ。なんだか無性に腹が立った。

女の手から離れた指輪は光の弧を描くと、そのままポチャンと波間に落ちて沈んでいった。

「指輪、ありがとう」

女はぴったりの代金を支払った。それに対して、なかなか取れない砂のような不快感をどう言い表していいのかわからない十四歳の幼さをもどかしく思いながら、少女は頭をわずかに下げただけのお辞儀をした。

女が去ってから少女はもう一度指輪を探してみた。遠くに落ちたわけでもないはずなのに、どういうわけか見つけることができなかった。

少女はそれから少しして、海の探し物屋さんを畳んでしまった。

稼いだお金で少し大人びた踵のある靴を買ったのはいいが、合わなかったのか今度は足にタコができてしまい、怯えた魚の目が逃げてしまったからだ。

そのタコはといえば、海に足を入れた途端、ぐにゃりと這いだして、そのまま泳いで行ってしまった。
少女の足はただの白い無垢な足に戻ったが、探し物屋さんをしている間に見聞きしたことの殻は、少し背の伸びた体のどこかで、時折サラサラと砂のような音を立てた。

ウオノメ

逆上がりガール

駅前からバスに乗って十分。

私は市民ミュージアムへとやってきた。

平日の午前中なうえに風が強いせいか、人影はまばらだ。

「ふん、だ」

私は寒さにマフラーを耳元まで引き上げながら、一人で呟いた。

本当なら次の休日に彼の車でここに来るはずだった。今回の特別展示は私の好きなテーマだったから、いつもより楽しみにしていたのに。

市民ミュージアムの中は広く、入り口を入ったフロアはガラス張りで日当たりがいい。居心地もよく、ライブラリーコーナーでは無料でビデオを見ることができる。

この場所は学生時代から私達のデートの定番だった。

そう、学生時代からだ。結構な年月を私と彼は一緒に過ごしていることになる。

邪魔な考えを振り切るように、私は大股でチケット売り場に向かった。だが結局、企画展を見るのはやめた。

そのまま外へ出た。

ミュージアムの周りは広い公園になっていて、少し行くとサッカー場や釣りのできる池がある。

私は遊歩道を歩き始めた。

風が強いだけあって、空は抜けるように青い。私の気持ちとは対照的だ。

彼は私のこんなモヤモヤした気持ちにも気付かずに、いや、気付いていてもどうせ私の方から謝ってくるとたかをくくって平然としているに違いない。

悔しいが確かにその通りだった。

私の方から好きになって付き合い始めたというのはあるが、スマホやパソコンの設定も彼に全部頼っていたし、買い物も食事もお茶も、私は一人でできない。一緒に行く友人がいるときはいいが、彼女達にも家族や彼氏との時間がある。休日ともなればなおさらだ。

駅前のお洒落な店に行きたいと思ったら、彼に頼るしかなかった。そうでなければお茶も食事もせずに、広いショッピングセンターをのんびり見て回るのも諦めて、必要な買い物だけして帰らなければならない。

だから彼の自分勝手な行動や雑な嘘が原因で喧嘩をしたとしても、最終的には私が謝り、彼のやったことを許す。長い年月も枷《かせ》になり、それが当然になっていた。

やがて児童公園に出た。

懐かしい——。

本当に気まぐれだったとしか言いようがない。ふと鉄棒を握ると、今でも逆上がりができるかどうか試したくなってしまった。

辺りをキョロキョロ見回して誰もいないのを確認すると、えい！　っと思い切って地面を蹴る。

植栽の緑と空の青に他の何かの色も混ざり合ってぐるりと回る。

「……できた！」

私は見事、逆上がりを成功させた。

「なんだ、まだできるじゃん！」

そのとき、鉄棒がさっきまでより高くなっていることに気がついた。周りの遊具も大きく見える。

「あれ？」

私は自分の手を見て、髪を触って、何かおかしいことに気がついた。明らかに小さくなっている。いや、子供に返っている。子供が着る服だし、髪も短いし、爪には何も塗られていない。

不思議だ。

だが頭の中まで子供になってしまったのか、私はこれが困ったことだと思えず、むしろやたらおもしろくなってきて、逆上がりの練習に明け暮れていた頃と同じ勢いで他の遊具に飛びついた。

体が軽い！

登り棒にも登れるし、ネットの上もスイスイ歩ける。大型遊具の細い梯子《はしご》も滑り台も楽勝だ。

楽しくて仕方がなかった。独り占めとばかりに公園を走り回った。

ジャングルジムに行くと、冷たい棒をしっかりと握って、上へ上へと登った。目指すはてっぺんの特等席。そして今度はそこから飛び降りる……。

さすがに少し怖くなった。

いや、でもできる。できるはず！

私は思い切って飛び降りた。

一瞬見えなくなる景色、足に伝わる着地の衝撃。

やったぁ！　と目を開けた私は、ジャングルジムの下ではなく、ちょうど逆上がりをした直後の状態で鉄棒に摑まっていた。もちろん大人の姿でだ。

「あれ？」

はしゃぎすぎて切れていた息も、かいた汗もすっかり消えている。

でも飛ぶような爽快感と高揚感、思いだしたあの頃の気持ちはしっかりと残っている。

できる、と私は思った。

だって子供の頃は、一人で何かできるようになるのが嬉しくて仕方なかったんだから。

ちゃんとできる。一人でもできる。

さよならだってできる。

「よっ！」

私は鉄棒を握ると、もう一度逆上がりをした。

堀 真潮《ほり・ましお》
作家。神奈川県在住。
二〇一六年、処女作「瓶の博物館」でショートショート大賞を受賞。
同年一二月、ショートショート作品集『抱卵』でデビュー。
WEB連載や企業広告への作品提供など幅広く活躍。

夢と気づくには遅すぎた。

二〇一九年一月二十九日　初版第一刷発行

著者　堀 真潮
発行者　古川絵里子
発行所　株式会社キノブックス（木下グループ）
〒一六三-一三〇九
東京都新宿区西新宿六-五-一
新宿アイランドタワー三階
電話　〇三-五九〇八-二二七九
http://kinobooks.jp/

校正　株式会社ぷれす
DTP　五十嵐ユミ
印刷・製本　中央精版印刷株式会社

ISBN 978-4-909689-26-9